书同
胡竹峰 ◎ 编

章衣萍集

随笔卷（下）

北京师范大学出版集团
BEIJING NORMAL UNIVERSITY PUBLISHING GROUP
安徽大学出版社

目 录
CONTENTS

青年集

3 | 青年应该读什么书

27 | 我的读书经验

✿ | 暮春之夜（存目）

34 | 我的伤痕

42 | 儿子（*The Child*）

51 | 黛丝戴儿情诗抄

58 | 《海上闲话》序

61 | 园中随笔

63 | 一首译诗

67 | 关于《霓裳续谱》

70 | 看海

71 | 同病相怜

73 | 填词

74 | 附复函

75 | 饭碗

77 | 久静思动

79 | 关于随笔

81 | 若子女士之死

83 | 关于"猹"

85 | 我的作品

秋风集

89 | 序

❋ | 暮春（存目）

❋ | 随笔（存目）

❋ | 倚枕日记抄（存目）

91 | 夜莺与玫瑰（Oscar Wilde 原著）

101 | 论冰莹
　　　——给林语堂兄的信
109 | 春秋感言
❋ | 大学教授（存目）

随笔三种
121 | 枕上随笔
156 | 窗下随笔
202 | 风中随笔

我的祖母
219 | 小序
220 | 祖母是一个无名农人
223 | 祖母的幼年吃过人肉
227 | 出嫁后连男连女生了十四个
230 | 做婆婆"有子有孙"
235 | 我家的中落
238 | 祖母的爱劳动
243 | 我的回忆和我的悲哀

衣萍文存选

247 | 胡适先生给我的印象

267 | 刘海粟先生

❀ | 汪精卫先生的诗词（存目）

❀ | 作文与读书（存目）

270 | 《种树集》序

274 | 谈谈"文艺茶话"

277 | 我的一个小小希望

279 | 救国的各派

281 | 得砖志喜

283 | 萧伯纳来沪有感

❀ | 修辞学的意义（存目）

286 | 吊刘复先生

289 | 读书杂记

294 | 《苦儿努力记》序

304 | 《不如归》新序

集外文选

343 | 序刘海粟《欧游随笔》

青年集

青年应该读什么书

旧事重提：

"青年必读书十部"的讨论。

胡适之、梁任公、周作人、易寅村、马幼渔、林语堂、谭仲逵、诸先生选的十部书和我的一点愚见。

青年究竟应该读什么书呢？

这是一个很大的问题。上一次，上海青年会的读书运动中，就有一个题目，叫做"读什么书"？是陈钟凡先生讲演的。陈先生的讲演我没有去听，看了他讲演的纪录（《读书杂志》第二期二十九页到三十八页），觉得他讲演的完全是笼统地介绍了一些中国的旧古董，并没有指出青年应该读什么书。但陈先生的讲演中也有一句很重要的话，是"我们要用最经济的方法，去读最有用的书"。

怎样读书才是"最经济的方法"？这个读书方法的问题，不是我这篇文章所能讨论的。有志读书的青年，大可以参看胡适、王云五先生的讲演（《现代学生》第三期，《读书月刊》第二期）。

他们两位是中国读书很博的人，他们的读书方法很可供我们的研究和参考。

我们要讨论的是："什么是最有用的书？"

所谓"开卷有益"，这句很古的话，是不能认为天经地义了。多读书自然有好处，但也有坏处。我们且听王云五先生的忏悔：

> 多看书也有毛病，这一点是我自己所要忏悔的。随便看书不但花了许多时间，而且是白费时间，这是多看的坏处。有一个笑话，《大英百科全书》本是一种参考书，而我却把这部书从头至尾的读了一遍，像这样的读书是等于不读书。希望诸君不要走我失败的路。我承认我自己很肯吃苦读书，

聪明也有一点，但我虽很用功，而读书的方法却是太笨，假使我读书能有系统，二十余年来专攻一学，那末，像我这样肯用功而又有小聪明的人，一定可以成为一个专家。现在呢，我变了一个"四勿像"，只好算是四角号码专家吧！以往我差不多什么书都看，算学，物理，化学，程度都很好。医学，矿学，也都学过，也不知用了多少精神，直学到现在头发白，六十岁了。从前我读书好像绕远路，假使我能专心做一事，那是多么好呢！

（王云五讲：怎样读书。）

"随便看书不但花了许多精神，而且白费时间。"这个坏处是很大的。培根（Bacon）曾说看书同吃东西一样，有的随便尝尝就够了，有的应该吞嚼下去的，有的应该咀嚼消化的。随便看书正同随便吃东西一样，一定弄成消化不良的毛病。

清人唐彪也说：

有当读之书，有当熟读之书，有当看之书，有当再三细看之书，有必当备以资查考之书。书既有正有闲，而正经之中，有精粗高下，有急需不急需之异，故有五等分别也。学者苟不分别当读者何书，当熟读者何书，当看者何书，当熟看者何书，则工夫缓急先后俱误矣。至于当备考究之书，苟不备之，则无以查考，学问知识，何从而长哉？（《读书作文谱》，卷之一）

但究竟什么是应该"咀嚼消化"的书？什么是"当熟读"、"熟看"的书？什么是"最有用的书"呢？

这的确是一个很大的问题。

我想起一九二五年，孙伏园兄编《京报副刊》的时候，曾发起选举"青年必读书十部"的问题。应选的皆当代学者及知名之士。我当时曾将胡适之、梁任公、易寅村、马幼渔、林语堂、谭仲逵、诸先生的选书抄了下来。现在且一一录出，以供有志读书的人的参考：

一、胡适之先生选

1. 《老子》（王弼注）

2. 《墨子》（孙诒让《墨子间诂》）

3. 《论语》

4. 王充的《论衡》

5. 崔述的《崔东壁遗书》

6. Plato：*Apology, Phaedo, Crito*

7. *The New Testament*

8. John Stuart Mill：*On Liberty*

9. John Morley：*On Compromise*

10. John Dewey：*How We Think*

二、梁任公先生选

1. 《孟子》
2. 《荀子》
3. 《左传》
4. 《汉书》
5. 《后汉书》
6. 《资治通鉴》（或《通鉴纪事本末》）
7. 《通志二十略》
8. 《王阳明传习录》
9. 《唐宋诗醇》
10. 《词综》

[附注] 三项标准：（一）修养资助；（二）历史及掌故知识；（三）文学兴味。近人著作外国著作不在此数。

三、周作人先生选

1. 《诗经》
2. 《史记》

3. 《西游记》

4. 汉译《旧约》（文学部分）

5. 严译《社会通诠》

6. 威斯德玛克《道德观念之起源与发达》

7. 凯本德《爱的成年》

8. 色耳凡德里《堂吉诃德先生》

9. 斯威夫德《格里佛旅行记》

10. 法兰西《伊壁鸠鲁的园》

第六至第十英文名如下：

6. Westermarck：*The Origin and Development of Moral Ideas*

7. Carpenter：*Love's Coming of Age*

8. Carvates：*Don Quixote*

9. Swift：*Gulliver's Travels*

10. France：*Gardens of Epicurus*

[附注] 六至十皆英文本，但别种外国文本也可以用。

四、易寅村先生选

1. 许慎《说文解字》

2. 《毛诗》

3. 《史记》

4. 《汉书》

5. 《三国志》

6. 《资治通鉴》

7. 《墨子》

8. 俞樾《古书疑义举例》

9. 严译《群己权界论》

10. 严译《法意》

[附注] 十部实在太少，限于条例，仅举此数。

五、马幼渔先生选

(所选书以近三百年来为限)

1. 顾炎武《日知录》

2. 黄宗羲《明夷待访录》

3. 戴震《孟子字义疏证》

4. 章学诚《文史通义》

5. 龚自珍《定庵文集》

6. 戴望述《颜氏学记》

7. 夏曾佑《中国历史》

(上古至隋，中学教科书，商务出版)

8. 康有为《新学伪经考》

9. 崔适《史记探源》

10. 章太炎《检论》

[附注] 此外如现代吴稚晖、胡适之、陈仲甫及周豫才、周启明诸先生之文，俱为青年必书之品。

六、林语堂先生选

外国书：

1. 《坡的故事》（*Poe's Tale*）

2. 《莪马卡奄》（*Rubaiyat of Omar Khayyam*）

3. 萧伯纳《戏剧》及《序言》

4. 柏拉图《语录》（Jowett 英译本）

5. 贵推《发斯特》（用 Taylar 英译本）

6. 师窝本贺尔《哲学文钞》

选读论宗教、学问、名誉、妇人等篇及处事箴言全部。师窝本贺尔之影响一切近代思想家效力最大，且其思想新颖独立非寻常哲学教授之著作所可比，读之可作修养之助。

7. 尼采的 *Thus Spake Zarathustra*

8. *An Outline of Psychoanalysis*（Modern Library）

9. 《旧约圣经》——取其文学趣味。须读英文原本。

特别选读《创世纪》、《以士帖》、《约百记》、《诗篇》，而尤其应读《传道书》与《雅歌》，因此二者思想感情皆与近代青年极近。新约《马太》第五章亦须读一次。

10. 斯托泼司《制育》Contraception——维持风化之人及其他下愚不必读。

中国书：

1. 戏剧——《西厢记》
2. 小说——《红楼梦》
3. 诗——《诗经》
4. 韵文——《昭明文选》
5. 散文——《左传》
6. 史——《九种纪事本末》
7. 小学——《说文解字》
8. 闲话——《四书》
9. 怪话——《老子》
10. 漂亮话——《庄子》

[附注] 中国书分十种，各类选一种。十种书读完，然后可与谈得话，然后可谓受过"自由教育"。

七、谭仲逵先生选

1. 《四史》

2. 《资治通鉴》

3. *The Outline of History*——H. C. Wells

4. *The Outline of Science*——J. H. C. Thomson

5. *What Is Man*——J. A. Thomson

6. *The Origin of Species*——Charles Darwin

7. *Mutual Aid*——Kropotkin

8. *Love and Marriage*——Ellen Key

9. *Princples de Economic Politique*——Gide

10. 《简易哲学纲要》——蔡元培

我们看上面各位先生选的书籍，可以发生两种感想：

第一，这几位先生都是中国有名的学者，看他们所选的书目，的确比听陈钟凡先生的讲演要好得多。个人思想上的立场不同，所以他们所选的书目也各不同。譬如胡适之先生是实验主义者，梁任公、易寅村、马幼渔三先生均为有名的国故学家（虽然他们三人的思想当然也不同），周作人和林语堂两先生是有名的西洋文艺思想的介绍者，谭仲逵先生是生物学家。我们就这寥寥十部书中可以看出这几位先生个人思想的特点，和他们指导青年读书的门径。

第二，梁任公先生曾注明他所选的有"三项标准：一、修养资助。二、历史及掌故常识。三、文学兴味"。我们看其余的各位先生所选的书大概也可包括在三项标准之内：（1）关于道德的。（2）关于知识的。（3）关于情感的。（林语堂所选的十种中国书籍另有特别卓见的解释。）我们看这七位先生所选的书中，选《资治通鉴》的有三个人，选《诗经》的有三个人，选《群己权界论》(*On Liberty*) 的有二人，选《论语》、《老子》的也有两个人。但是只有谭仲逵先生选了一册基特的《政治经济学原理》(Gide: *Princples de Economic Politique*)，周作人先生选了一册严译的《社会通诠》，社会科学经济学书籍在今日之为青年们所热烈欢迎，但在四五年前即学者们也很少注意及，这也是值得研究的一个问题。

我决不敢对于上列诸位先生的书目加以批评，因为他们都是我所敬畏的师友或当代大师。我也不是一个共产党徒，或唯物史观的迷信者，但是我相信经济全少是

一个社会文化上的重要因子,而马克思的《资本论》实经济学上唯一的大著。李守常先生说:

> 依马克思的唯物史观,社会上法律政治伦理等精神的构造,都是表面的构造,它的下面,有经济的构造,作它们一切的基础。经济组织一有变动,它们都跟着变动。换一句话说,就是经济问题的解决,是根本解决。经济问题一旦解决,什么政治问题,法律问题,家族制度问题,女子解放问题,工人解放问题,都可以随之而解决。
>
> 可是专取这唯物史观(又称"历史的唯物主义")的第一说,只信这经济的变动是必然的,是不能免的,而于它的第二说——就是阶级竞争说——了不注意,丝毫不去用这个学理作工具,为工人联合的实际运动,那经济的革命,恐怕永远不能实现。就能实现,也不知迟了多少时期。(《再论问题与主义》)

李先生是马克思的信徒,他的话当然是偏的。但资本主义的发达与劳资争闹的益烈都是不可否认的事实。蔡元培先生说得好:

> 今人以反对共产党之故,而不敢言苏俄,不敢

言列宁，甚至不敢言马克思，此误会也。吾人研究共产党所由来，或不能不追溯马克思；而研究马克思，不必即信仰马克思。孙先生于《民生主义》讲演中，承认马克思为科学的社会主义者，而亦列举其误点，是研究之结果也（李季《马克思传》序）。我们不研究马克思决不能不懂得马克思，不懂得马克思也不配反对马克思。因此，我以为，《资本论》是一本十分重要的著作（正如胡汉民、戴季陶两先生是不赞成马克思的，但也花许多功夫翻译了考茨基的《资本论解说》）。

我且用自己的意见，也选出十部书：

1. 达尔文的《物种原始》

   Charles Darwin：*The Origin of Species*

2. 克鲁巴特金的《互助论》

   Kropotkin：*Mutual Aid*

3. 马克思的《资本论》

   Karl Marx：*Das Kapital*

4. 汤姆生的《科学大纲》

   J. A. Thomson：*The Outline of Science*

5. 威尔士的《世界史纲》

   H. G. Wells：*The Outline of History*

6. 杜威的《思维术》

   John Dewey: *How We Think*

7. 《新旧约全书》

   Holy Bible

8. 多斯朵也夫斯基的《罪与罚》

   Dostoyevskiy: *Crime and Punishment*

9. 卢梭的《忏悔录》

   J. J. Rousseau: *The Confessions*

10. 《杜诗评注》

我为什么要选这十部书呢？（这十部书有几部是上面几位先生选过的）。且让我做一个简单而粗浅的解释：

我们研究近代文明史的人，知道近代文明史中有几件大事。每一件大事出现，都改变了全世界的宇宙观、人生观，影响于全世界的学术思想。这几件大事是什么呢？让我一一道来。

近代思想界的第一件大事，是达尔文的"进化说"出现。在达氏以前，欧洲人士都相信人是上帝造的，万物是从古如斯，没有变化的。（即中国人所说"天不变，道亦不变"。）达氏以三十年的岁月，东西奔走，跋涉山河，苦心研究，于一八五九年出版了《物种原始》①（*The Origin of Species*）。达氏学说的重要点是，一切生物都是进化的，生物进化的原因，由于"生存竞争"（The struggle for existence）。

什么是生存竞争呢？世界上的生物，几乎各有个性，一个枝上没有两个相同的叶子，一株树上没有两个相同的果子。这种特点，达氏称它做"变异性"（Variability）。

但是这种变异性，又是从遗传性（Heredity）来的。达氏曾举养兔为例。原种六七磅的兔子，变种有小至四磅，加至十七八磅的；短耳的兔子，变种或成长耳的兔子；白尾巴的兔子，变种或成为黑尾巴的兔子。不但兔子是这样，鸽子也是一样。一种的鸽子，变种竟有一百四五十种的鸽子。不但动物是这样，即植物中的萝卜、牡丹、甜瓜、菊也是一样。

生物的变异性，因遗传性而益显著。但这是什么原因呢？达氏因马尔萨斯的人口论而悟"自然淘汰"的道理。马氏谓人口以等比级数增加，食物以等差级数增加。我们假定人类二十五年增加两倍，则一千年后，一

---

① 今译：《物种起源》。

个人的儿子，在地球上也容不下了。动物中的生殖力，以象为最慢。但我们假定一只象的年纪是一百岁，生小象六只，则一只象在七百五十年后，可增生至一千九百万只象。这个数目是何等可怕！可是实际上生物生存的数目，并不能这样。这就因为环境不许所生存的一律生存。这种生存竞争的特性，遗传于子孙，他的子孙又只有最便利于生存竞争的，才能繁殖下去。生物是这样，人类也是一样。有种族的竞争，有团体的竞争，有国家的竞争。竞争的结果，是："优胜劣败，适者生存。"

达氏不但证明了生物是进化的，证明"物类起于自然的选择，起于生存竞争里最适宜的种族的保存"，并且证明人类也是哺乳动物之一，是猴子变的。看达尔文的《人类之由来》（*The Descent of Man*）达氏的思想，影响实大，为"近代哲学的，生物学的，社会学的思想的基础"。中国自从严几道翻译了赫胥黎的一小册《天演论》，于是"进化说"，"优胜劣败，适者生存"，也成为口头禅了。我们家乡的小店里，也挂着：

诠自由理，推约翰穆；
持进化论，首达尔文。

这样的"似通非通"的怪对联，达尔文的名字是念熟了，但达尔文的精神却很少人注意。胡适之先生说得好："达尔文的武器只是他三十年中搜集来的证据。三十年搜集的科学证据，打倒了二千年尊崇的宗教传说！"但中国却是一个迷信最多的民族。我们也许不十分迷信上帝，但就是"做白话文，写白话诗"的青年，也迷信"人为万物之灵"，迷信"天不变，道亦不变"，迷信鬼神，迷信灵魂，迷信测字，算命，看相。知道了万物生存竞争，优胜劣败，适者生存，知道了人类也是生物之一，人类和猴类同出于一个祖先，则一切神秘的迷信都可以打消了。所以我选出达氏的《物种原始》谓中国青年的第一部必读书。（此书有马君武译本，中华书局发行。不懂英文的人可看。）

可是达尔文的"进化说"，却至克鲁巴特金的《互助论》（*Mutual Aid*）出版而得修正。克氏于一八九零年在杂志《十九世纪》上发表《动物间的互助》，后来又接着发表《蒙昧人的互助》（一八九一年）、《野蛮人的互助》（一八九二年）、《中世都市的互助》（一八九四年）、《近代人的互助》（一八九六年）等文。这些论文后来集成一本书，就是那有名的《互助论》。

克氏的主张是自然界的动物除了互相竞争的法则以外，还有互相帮助的法则。他说：

> 我们若研究动物——不单是在实验室及博物馆，并且在森林、原野、草原及山里面——即刻就可知道无数的斗争及杀戮，虽然行于动物的各种之间，尤以各类之间为甚。但是同时互相维持，互相扶助，及互相防卫，同样地，并且比较它还要以上地行于同种的动物之间，至少也行于同一社会的动物之间。社会性和互相斗争，同是自然的法则。（《互助论》第一章《动物的互助》，周佛海译。）

克氏也和达氏一样，实际考察各种生物的世界。他旅行东西伯利亚、北满洲、北亚细亚等处，考察蚂蚁和蜜蜂，鹤和鹦鹉，狼和狮子，猿猴以至野蛮人，证明"互助和互争同样地是自然的一法则。"他大胆地说：

> 真是十分幸福！竞争既不是动物界底规则，也不是人类底规则。竞争在动物内面，只限于例外的时期，而自然淘汰，则有较广的活动范围。比较善的境遇，可以由用互助和互持而排斥竞争一方法而得。
>
> 在想以最小的精力消费，而得最大的生命充实的大生存竞争里面，自然淘汰是不绝地尽力寻找避

开竞争的方法的蚂蚁结合为群，为国家，蓄食物养家畜——照这样避开竞争。自然淘汰，从蚂蚁内面选出一种。这一种是很知道怎样避开有不能免的恶结果的竞争的。许多鸟类，当冬天来的时候，慢慢向南方移动，或结成大群，以为长途的旅行——照这样避开竞争。许多啮齿类，一到非竞争不可的时候来了，就都睡了。有许多啮齿类，又贮藏食物以备过冬，和想于劳动时得必要保护，而造村落。鹿当大陆内地底草干枯了的时候，则向着海边移住。水牛想找出丰富食物，横断广漠的大陆。海狸在一个河内繁殖过多的时候，就分为两部，老的向河底下流去——它们照这样避开竞争。又动物既不能睡，又不能移住，既不能贮藏食物，又不能和蚁一样自造食物的时候，它们就行山雀所行的方法，和瓦乃斯很描写得巧妙的方法：这就是求新种类的食物——它们又照这样避开竞争。

"不要竞争！——竞争常是有害于种的，我们有许多避开它的方法！"这是自然界的倾向，虽然没有充分实现，而常常是实现的。这个是我们听见丛薮、森林、河海来的口号。"所以要团结！要实行互助！这个又是给各个人和总人以肉体的、智的和道德的生命进步底最善保障的最确实的方法。"这是自然教训我们的。这是在各族中达到最高位的动物所行的。这个又是人类——最原始的人类——所曾做的，这个又是人类到今日这个地位的原因。（《互助论》第二章《动物底互助》周佛海译）

克氏在《互助论》的自序上，曾说他的思想是受了圣彼得堡大学教授凯斯勒的讲演影响。"凯斯勒的意见，是以自然界里面，除了互相斗争的法则以外，还有互助的法则；这个法则，对于生存竞争底成功，尤其对于种的进化，比较互相竞争的法则，要重要的多"。克氏自从一八八三年听了这个讲演以后，就花了许多的功夫搜集材料证明这个思想——他的大著《互助论》就是这个思想的证明结晶。《互助论》的出版，在人类文明史上的重要，实在不亚于达尔文的物种原始。所以我选这部书为中国青年的第二部必读书。（此书有周佛海译本，商务刊行。周文虽有可议处，名词和译音也有不正确处，友人孙伏园先生曾在《晨报副刊》作文批评，但大部分译得很好，可供参考。）

但近代思想界最大的怪杰是马克思（Karl Marx）。

马克思，"在年龄上，是和达尔文同期的人"。他的名著《政治经济学批评》同达尔文的《物种原始》同年——一八五九年——出版！马克思学说的是非，又是一个问题。但他的学说实有研究的必要。他的大著《资本论》尤其是马克思主义的"圣经"。《资本论》分三大卷，第一卷是马克思自己手里于一八六七年出版，第二卷出版于一八八五年，第三卷出版于一八九四年，是马克思死后，他的朋友昂克斯①代为编就出版的。《资本论》的出版实是近代文明史一件大事。有人说，社会主义到马克思手里才成为一种科学。"两个伟大的发现，唯物史观及依剩余价值而暴露资本制生产的秘密，均应归功于马克思"。"不读《资本论》算不得现代人"，因为马克思的学说影响于近代哲学、文学、社会学、经济学各方面至大，无论是赞成或反对马克思的都应该读它。但《资本论》卷帙浩繁，并且十分难读，德文原本及英文本均不易读，中文有陈豹隐译本，仅出第一册第一分卷，未译成。各国解释《资本论》的书也很多，如戴季陶、胡汉民合译的考茨基《资本论解说》和程次敏译的麦恩提《资本论浅释》均可看。从前胡适之先生曾

---

① 今译，恩格斯，下同。

劝人少谈些主义，多看些好书。《资本论》不但是一部好书，而且是十九世纪的伟大的著作，无论赞成或反对马克思的青年，都值得一读的。

我的话说得太长了，但我的意思是想用我的肤浅的话去引诱青年们读三部不朽的名著。现在，好用简单的话，写出我选其余的书的意思：

我选汤姆生编的《科学大纲》和威尔士的《历史大纲》，因为前者是一部近世科学常识的总汇，后者是历史界一部开山之作。威尔士的书虽有缺点，但他的大胆和远识都值得青年们一读他的书的。（这两书均有译本，商务印书馆刊行。）

我选杜威的《思维术》（*How We Think*，有刘伯明译本，中华书局刊行。）因为杜威这书是近代讲伦理学最有用的书（参看《胡适文存》第一集卷二，《杜威论思想》），青年们要训练自己的思想，要知道什么是科学思想的不可不看。我选《旧约全书》而不选《论语》，许多人一定不平，但吴虞的诗说得好：

　　若从世界论公理，
　　未必耶稣逊仲尼！

我常想：只以人格而论，耶稣也比仲尼高得多。因为耶稣奔走说道，终于被钉在十字架上，而孔子却一车两马，到老仍旧"寿终正寝"。《圣经》影响全世界思想、道德和文学，的确比《论语》大得多。

尤其是研究西洋文学的青年，不读《圣经》，许多西洋名著，无从读起。夏丏尊先生说得好："我们可以不信基督教，但不可不一读《圣经》!"

我选多斯朵也夫斯基的《罪与罚》为世界小说的代表。选卢梭的《忏悔录》为世界自传著作的代表。这也许是个人的偏爱。但前者是刻画罪恶心理最伟大的书，后者是表现个人行为最坦白的书，中国新青年还缺乏诚实的自白与贫穷社会罪恶心理的了解。这两部伟大的"圣书"（恕我大胆这样称它们）是值得人手一本的。（《罪与罚》，有韦丛芜译本，未名社刊行。《忏悔录》，有张竞生译本较佳，世界书局刊行。）

末了，我要说，在中国书中，我只选了一部《杜诗》，因为我是爱杜甫的。张戒《岁寒堂诗话》说：

> 王介甫只知巧语之为诗，而不知拙语亦诗也。山谷只知奇语之为诗，而不知常语亦诗也。欧阳公

专以快意为主，苏瑞明专以刻意为工，李义山诗只知有金玉龙凤，杜牧之诗只知有绮罗脂粉，李长吉只知有花草蜂蝶，而不知世间一切皆诗也。唯杜子美则不然。在山林则山林，在廊庙则廊庙，遇巧则巧，愚拙则拙，遇奇则奇，遇偌则偌，或放或收，或新或旧，一切事，一切意，无非诗者。故曰："吟多意有余"。又曰："诗尽人间兴"。诚哉是言！

只有杜甫才受得起这样的恭维！只有杜甫才是中国的真诗人的代表！

于头痛，腹胀，脑闷，炉火之旁。

一九三〇，十月，十

我的读书经验

《读书月刊》编辑顾仞千先生要我写一篇文章,题目是:"我的读书经验"。这个题目是很有意义的,虽然我不会做文章,也不能不勉强把我个人的一点愚见写出来。

我幼时的最初的第一个教我读书的先生是我的祖父。我的祖父是一个前清的贡生,八股文、古文都做得很好。他壮年曾在乡间教书,后来改经商了,在休宁办了一个小学,他做校长。我的祖父是一个很庄重的人,他不苟言笑。乡间妇女看见都怕他,替他取了一个绰号，叫做"钟馗"。我幼时很怕我的祖父。他教我识字读书，第一件要紧的事是读得熟。我起初念《三字经》，后来念《幼学琼林》，再后来念《孝经》、《论语》、《孟子》、《大学》、《中庸》等书。这些书小孩子念来，自然是没有趣味，虽然我的祖父也替我讲解。我的祖父每次替我讲一篇书，或二三页，或四五页，总叫我一气先念五十遍。我幼时记性很好，有时每篇书念五十遍就能背诵了。但我的祖父以为就是能背诵了也不够，一定要再念五十遍或一百遍。往往一篇书每日念到四百遍的。有一次我竟念得大哭起来。现在想来，我的祖父的笨法虽然可笑，但我幼时所读的书到如今还有很多能背诵的。可见笨法也有好用处。

我的第二个教我读书的先生是我的父亲。我的父亲是一个商人，读书当然不多。但他有一个很好的信仰，是"开卷有益"。他因为相信唐太宗这句老话，所以对于我幼时看书并不禁止。我进高等小学已经九岁，那时已读过许多古书，对于那些肤浅的国文教科书颇不满意。那时我寄宿在休宁潜阜店里，傍晚回店，便在店里找着小说来看。起初看的是《三国演义》。《三国演义》

总看了至少十次,因为店里的伙计们没事时便要我讲三国故事,所以我不能不下苦功去研究。后来接着看《水浒传》、《西游记》、《封神传》、《说唐》、《说岳》、《施公案》、《彭公案》等书,凡在潜阜找得到、借得到的小说我都看。往往晚上点起蜡烛来看,后来竟把眼睛看坏了。

我的祖父教我读书要读得熟,我的父亲教我读书要读得多。我受了我祖父的影响,所以就是看小说也看到极熟,例如《三国演义》中的孔明祭周瑜的祭文(《三国演义》第五十七回),孔明的《出师表》(《三国演义》第九十一回)以及曹操在长江中做的诗(《三国演义》第四十八回),貂蝉在凤仪亭对吕布说的话(《三国演义》第八回),我都记得很熟。所以有一次高小里先生出了一个题目是"致友书",我便把"度日如年"(貂蝉对吕布说的)的话用上了。这样不求甚解的熟读书,自然不免有时闹出笑话,因为看小说时只靠着自己幼稚的理解力,有些不懂的地方也囫囵过去了。这是很危险的。读书读得熟是要紧的,但还有要紧的事是要读得懂。

我受了我的父亲的影响,相信"开卷有益",所以后来在师范学校的两年,对于功课不十分注意,课外的杂志新书却看得很多。那时徽州师范学校的校长是胡子承先生,他禁止学生做白话文,看《新青年》,但他愈禁止,我愈要看。我记得那时《新青年》上发表的胡适之、周作人、刘半农、沈尹默一些人的白话诗,我都背得很熟。我受《新青年》之影响,所以做白话文、白话诗简直入迷,后来竟因此被学校开除。我现在所以有一些文学趣味,全是我的多看书的影响。但我这些影响也有不好的地方,就是我个人看书到现在还是没有条理,多读书免不了乱读。乱读同乱吃一样,是有害的。

我十七岁到南京读书,在南京读了一年书后,胡适之先生到南京讲学,我去看他。我问他读书应该怎样读法?他说"应该克期"。克期是一本书拿到手里,定若干期限读完,就该准期读完。胡先生的话是很对的。我后来看书,也有时照着胡先生的话去做,只可惜生活问题压迫我,我在南京、北京读书全是半工半读,有时一本书拿到手里,想克期读完,竟不可能,在我,这是很痛苦的。现在,生活问题还没有解决,而苦痛的病魔又缠绕着我了。几时我才能真正"克期"去读书呢？

我的读书的经验如上面所说，是很简单的：第一，应该读得熟；第二，应该读得多；第三，应该克期读书。

我是一个不赞成现代学校制度的人，我主张"普通的自由"（Universal Liberty）。我曾说：

"吾国自清代光绪变政，设立学校，同时年级制也输了进来。年级制是以教员为中心，以教科书为工具，聚智愚不同的学生于一级，不问学生的个性，使他们同时学一样的功课，在一个教室内听讲，聪明的人嫌教师讲得太慢，呆笨的人嫌教师讲得太快。聪明的人只得坐在课堂打瞌睡，看小说，混时间，等着呆笨的人的追赶。呆笨的人却整日整夜地忙着，连吃饭、睡觉、如厕都没有工夫，结果还是追赶聪明人不上。所以有一次胡适之先生同我们一班小朋友说笑话：'你们也想进学校吗？我以为学校是为呆笨人而设的。'对呀，现在所谓年级制的学校，的确是为呆笨人而设的。一本陈文编的《算术》，聪明的学生只要两个月就演完了，学校里偏要教上一年半载；一部顾颉刚编的《初中国文》，聪明的学生只要半午就读完了，学校里偏要教上三年四年。况且在同一时间内，一定要强迫许多学生听同样的干燥无味的功课，所以有时教员正在堂上津津有味的讲'修身而后家齐，家齐而后国治，国治而后天下平'，学生的头脑里也许竟在想：'贾宝玉初试云雨情''景阳冈武松打虎'……"

我是不赞成现在的学校制度的。现代的学校可以使学生得着文凭，却不能包管学生能不能得着学问。老实说，学校教育的用处，不过有几个教员，教学生读书读得懂而已。像上海滩上的一些野鸡大学、流氓教员，他们自己读书读得懂不懂还是一个问题。在今日中国有志读书的人，只有靠着自己去用功，学校是没有用处的。

有人说："自己读书，读不懂怎样办呢?"我说："可以去问懂得的人，你的朋友，你的亲戚，你的敬爱的先生，但不一定是在学校里的。"一切参考的书籍、字典，也可以帮助人们读书读得懂。

根据我的一点小小经验，给青年人——有志读书的青年人，进几条忠告：

第一，我以为读书应该多读，应该熟读，应该克期的读。

第二，我以为读书不懂便应该问朋友、亲戚，你所敬爱的先生，或是字典参考书。读书应该每字每句都读懂，"不求甚解"是不对的。

第三，我以为今日中国有志读书的人应该学通英文或俄文，以作研究外国学问的工具，单读中国书是不够的，我们应该多读外国书。

我的话虽然简单而且浅薄呵，希望对于有志读书的中国青年，有一点小小的用处！

一九三一，三，廿，改稿

我的伤痕

我想起国木田独步的小说《女难》，每次揽镜自照，照见自己唇下的小小伤痕，总忘不了七岁时所遭惊心动魄的大祸，那是我第一次所遭的"女难"！

我是一个山之子。在我家的前后左右，围绕了不少重重叠叠的高山。嵯峨的七孤山，好像笔架似的，直立在我家的前面。（七孤山的命名，自然因为山上面有七个高峰的缘故。）七孤山究竟有多少高，村里的人都不知道。因为，据村人说，自古至今，没有人爬到过的，因为山上住着七个仙女。半山中有一个洞，从前有人走到洞边，就被洞中的妖怪吃去了。那妖怪是七个美貌的女子，叫做七姑仙女。到七孤山去砍柴的人，大概都到山脚为止，很少人跑到山腰去。经过山腰，就是山洞，到那里去的人，大概没有性命回来的。所以七孤山，村里也有一个教书匠，说是该写做"七姑山"。

到了秋天，山头就有积雪了，黛色的山上，戴着白色的帽子，颇觉好看。七孤山离我们村里，只有七里远，望起来却像几步就到似的。但我直到如今，足迹没有到过它的山下。

离我家最近，有一座山，叫做干山。这干山，望去就像一个罗汉，前面突出一个圆阜，我们叫它是罗汉的肚子。在罗汉的肚子上，建筑了一个小庙，我们叫它做干山庙。

村里的小孩，无论男女，五六岁就会爬山了。我从小身体柔弱，又加以祖母母亲的溺爱，所以直到七岁，还没有爬到干山庙上去过，在村里的小孩看来，这实在是意外的奇迹了。

我家前面，住着一个务农的，名叫王庭，他有两个女儿，长的叫做月英，小的叫做来娣。月英的脸带红色，来娣的脸色较白。月英比我大七八岁，来娣和我同年。我们也时常在一堆玩，在村的空地上，做捉迷藏，或旁的顽皮的游戏。

一个秋天的下午，（那年我才七岁）我在村中闲游，因为蒙馆的先生有事去了，所以把我们一班小孩都放学了。在路上遇着月英，手中携着篮子，说：

"辉哥儿，到干山去好不好？"

"到干山去干什么？"

"去斫玉蜀黍杆。"

干山的坞里，有平地，村里人在那里种了许多玉蜀黍。那里的玉蜀黍的甜是有名的，我吃过，比甘蔗还甜。所以听了月英的劝诱，我的弱小的心里有点飘飘然了。

"好的，我也去，可是要回家告诉一声祖母。"

"不，一去告诉，就去不成了，不如去了回来再说吧。"

"那也好。"

我跟了月英去了。到干山，须经过一条小河，水清澈底。月英的足虽然缠过，然而不很小，涉水如履平地。我是初次下河的，只觉得河水很凉，河里的石砂，刺得脚底生痛。我想要哭了。

在河中，月英看见我的苦恼，说：

"辉哥儿，怎样了？"

"我脚底痛。"

月英四面一望，见没有人，说：

"辉哥儿，我背你过去。"

我在月英的背上，平安地渡过了小河。过了小河，便是干山脚。我们从干山脚的左边，走到干山坞去。

那天天气是阴沉沉的，山风吹着草木，呜呜地响得怕人。山路也很崎岖。但有月英伴着，我并不觉得可怕或寂寞。

我们爬了很久的山路，果然到了目的地了。我只是喘气，一只手扶着月英的肩，一只手拉着月英的手。

月英的脸更红了。她说：

"辉哥儿，你坐一会罢。这里的玉蜀黍杆还不十分甜，高头还有更甜的呢。我去采了就来。你坐这里等着。"

"好的。"

我在一块山石上坐下。远远望去，十里内的大小村坊，都可以看见枫红草黄，秋景颇佳。我坐了一会，月英携着玉蜀黍由山顶下来，已经夕阳满山了。

我嚼了几根玉蜀黍杆，的确很甜，欢喜不虚此行。月英说：

"天快晚了，赶快下山去罢。"

我想起家里的祖母一定在望我了，所以脚步走得很快。月英劝我缓缓地走，她在后面跟着。因为她会走山路，趴在前面走快了，我赶不上。我在前面愈走愈快了，山路很峻峭而滑，一走快了竟收不住脚了。

"缓缓地走罢！"月英在后面喊。

我的脚已经不是我自己的了。我们上山时，山路虽然峻峭，然而我扶着路旁的草木，缓缓地走，也还不十分累。下山时胆子较大，我竟不愿依草傍木了，我的脚步"如水之就下"，愈走愈快，后来竟似怒马一般地，向下直跑。

"缓缓地走罢！"月英在后面接连地喊。

我听见了也没有法子收住我的脚，我的脚似《水浒》上的李逵，被神行太保戴宗缠上飞行马甲似的，飞一般地跑下去。在山岭转弯的地方，一不留心，脚尖碰在树枝根上，身体向下倾跌在一丈外的石块上，头破血流，我已经不知人事了！

我从创痛中醒来的时节，月英在旁边扶住我的身子，我靠在她身上，斜坐着。月英正哭着，见我睁开眼来，说：

"辉哥儿，你要是没有命了，我也没有命了！"

"不要紧，我还好回家去。"

因为说话也不大方便，我才知道自己已经跌落了两个门牙，而且创伤正在嘴唇的底下，我的口中不住地吐着鲜血，伤口上的血也直流下来。

月英把我扶起来，我要自己走，她说：

"辉哥儿，我背着你下去罢。"

我已经没有力气了，只好由她背在身上，我的手紧紧地攀着月英的肩，月英的两手向后攀着我的臀部。

山路本来不好走，而况月英的身上又压着我这一个人。我的身体虽受了重伤，但心里是明白的。我知道在路上月英的身子几次要倒了下来，都很艰难地挺住了。我的眼泪和鲜血湿透了月英一身。

月英将我背到山脚，天色已经晚了，村里的灯火也隐约可见。月英扶我在山坡上坐着，稍息了一会。

"辉哥儿，你回家，千万不要说是我邀你上山的。你只说自己上山，半路失足跌了，遇着我背你回来的。"月英忽然这样叮咛地说。

我虽然还是一个小孩，这时也开始明白女性的可爱和可怕了。我说：

"我一定不会说你邀我，你放心。"

月英又背我到了河边，遇见一个村里的农民，名叫裕贤的，他说：

"是谁跌坏了？"

"是辉哥儿。"

"那还了得！让我背他回去罢。"

我从裕贤的背上吹着晚风回家。

我从创痛的昏迷中醒转来的时节，已躺在祖母的床上，祖母和母亲都在床前流泪。我的伤口上已经上了草药，用布包好了。只是口中还不住地流血。

"是谁邀你上山的？

辉儿，你说来！

让我和他拼命去!"

祖母流着泪,这样嚷。

我含着泪,只是不开口。

"是不是月英邀你上山的?那小丫头!专门在山上迷人!"祖母又问。

我摇了一摇头。我已经不能说话了。

经过几天几晚的寒热,经过了几次昏绝乱嚷,在床上足足地躺了两个足月,我才能起来行走。

我的嘴唇下的小小伤痕,是永久不能消灭的了。虽然在光滑的脸上,增加了一些丑相,但我却特别珍重它,它是我第一次和女孩同游所受的创伤,是我第一次所遭的"女难"!

但月英却从此不和我说话了。一见着我,就远远地红着脸避开。

我十年不回家了,据家里来的人说:"月英已嫁了一个木匠而且生了几个孩子了呢。"

我在漂泊的天涯里为月英喜悦、祈祷。她在我心里留下的痕迹,正同在我唇下留下的伤痕一般,是永远不能消灭的。

儿子 (*The Child*)[①]

W. W. Gibson 作

人　　阿木士吴得门　（夫）

　　　约安吴得门　　（妻）

景　　某陋巷的顶楼内。下午微弱的阳光从污秽的窗中照进来，照见家徒四壁，空空无物。约安蹲在破布和稻草的旁边，一个死了的孩子放在上面。她是一个青年妇人，看来比她的年龄老得

---

① 翻译作品。

多，为了饥饿的病苦的缘故，脸色憔悴的很。房门开了，阿木士很丧气地走了进来。他一足跛了，常常的咳嗽。他跨进门的时候，他的妻子已经立了起来去迎接他。

约安　　他是死了！

阿木士　请恕我，约安。

约安　　恕你，阿木士？

阿木士　呵，请恕我——

　　　　恕我丢下你和儿子。

　　　　我不能忍受，

　　　　坐看他死。

　　　　我没有法子来救他。

约安　　你去了更好。

　　　　看着孩子死真不舒服。

　　　　可是……

　　　　一切都过去了，

　　　　我想这样也好。

阿木士　也好，妻呵！

约安　　是的，夫呵，

>   为的是儿子不再吃苦了。

阿木士　唉，儿子真可怜呀！

　　　　我，

　　　　他的父亲，

　　　　没有法子去哄他。

　　　　他哭着要面包，

　　　　我——可怜我没有面包——

　　　　我找不着面包给他。

　　　　或者他死了也好，

　　　　可是……

　　　　倘若他还能活在这里……

约安　　活在这里，阿木士？

　　　　看一个儿子饿死真难受，

　　　　看他一天瘦一天，

　　　　听着他哭……

阿木士　是呀，他哭着要面包——

　　　　可是我，他的父亲，没有面包给他。

　　　　我愿意拼着指头做见骨，

　　　　来救他——

做见骨，

双手肌肉本不多。

可是年成坏，

工作找不着，

只好看着我的儿子，

挨饿——

只好垂手无策看他

挨饿，

只好看着他直饿

到死。

他的小身体一天瘦一天，

看饿鬼把他的生命吞了；

他的声音也喊不响了，

他哭着要面包……

约安　他再也不哭了，

他再也不饿了，

他如今什么都不要了。

阿木士　唉，他是安静地去了……

我们再也听不见他的声音了。

倘如他能活在这里……
可是他现在是不受痛苦了，
再不会挨饿受渴了。
但是啊，倘若没有帮助，
我们俩也要饿死。
可是，饿鬼再不能咬我们的心了，
我们知道他已经不在饿鬼的手中了。

约安　　唉，我们一定会饿死，
倘若你再找不着工作；
虽然我现在已无挂无虑，
可以自由去找工作。
他现在不要我了，
永远不再需要我。
唉，上帝呀！
我是自由……
自由了！

阿木士　他们望着我
摇摇头。
妻呀，从前我也强健，

    有工作,

    能去做。

    但是,年成坏,

    工作找不着,

    我只得游手好闲。

    看着他饿死——

    看着他为了没有东西吃饿死——

    我有手赚不来面包。

    我给他生命,

    可是不能培养我所给他的生命。

约安 唉,阿木士,你从前很能干,

    工作做得好,

    并且我也做过工的;

    可是我们一个大也没有,

    一点吃的东西也没有。

    你把那块面包拿下来吧,

    你自己切一点吃吃吧,

    你一天没有吃什么。

阿木士 你呢,妻呀?

约安　　不,我现在不能吃。

　　　　他曾喝了牛乳,

　　　　但是他已经不能嚼面包,

　　　　他病得什么也不能吃了。

阿木士　那时他哭着要我给面包。

　　　　我没有面包给他。

　　　　妻呀,我现在如何吃得下。

　　　　我不能给他面包直到他死。

　　　　(他们坐在一只空橘子箱的背上,

　　　　靠着窗,静默了一刻。)

约安　　你的咳嗽今天更凶了,

　　　　你什么也不吃,

　　　　你静悄悄地坐在那里,

　　　　除了咳嗽的声音。

阿木士　妻呀,我在想。

约安　　想什么?

　　　　好人,不要想了。

　　　　想想更不好,

　　　　在这样的时候。

　　　　我不敢想——

　　　　我，生他的人，

　　　　并且给他乳吃。

阿木士　妻呀，我在想我的小儿子。

约安　　想他为什么？

阿木士　不，不是想他，

　　　　是想一个幸福的孩子，

　　　　他终日在小河边玩着。

　　　　小河的水在他父亲的小屋前流过去。

　　　　我这样想，

　　　　我仿佛听见河水的快乐流着的声音——

　　　　这声音从前也整日在我耳中响过，

　　　　虽然我那时没有听见。

　　　　或者，我想着一个幸福的儿子——

　　　　一个幸福的儿子……

　　　　可是为了他，

　　　　因为，我听见声音，

　　　　仿佛我们那心疼的儿子，

　　　　再不是躺在破布上，

又冷又没有生命了。

但是在远方某处，

不在这冷酷的城中，

整日在一个小屋面前的小河里，

很快乐的玩着。

妻呀，你难道不听见那流水的声音吗？

那流来流去水的声音吗？

水在石上流来流去，

在石上冲下来的声音吗？

他不听见这声音，

因为他太快乐了。

妻呀，你难道不听见那水流的声音吗？

那水正在流，正在流呢……

（天渐渐黑了，他们俩坐在那里，手握着手，眼望着烟突上面的天。）

一九二八，七，五，译于上海疗养院，从吉卜生的《日常面包》中译出。

黛丝戴儿情诗抄

莎兰·黛丝戴儿（Sara. Teasdale）女士于一八八四年八月八日生于美国。幼时身体甚弱，在家中读书，一九〇三年乃毕业于 Hosmer Hall。从这个私立学校毕业后，因为身体不好，便不能再进学校。黛丝戴儿女士从幼便爱做诗，幼时在家爱读 Chrisitina Roseetti 的诗，后来入校又爱译德国诗人海涅（Heine）的诗，出校后与她的朋友办了一个诗的月刊，叫做 *The Potter's Wheels*，是手抄本。在这个手抄本的小杂志上她发表了她早年所作的诗。 九〇五年她到欧洲去游历，又到埃及、希腊等处流连多时。一九一二年夏天她同诗人 Jessie Rittenhouse 去游意大利和瑞士。一九一四年十月十九日她与同乡 Ernst B. Filsinger 结婚，Filsinger 是一个国际贸易著作家。从一九一六年以后，夫妇住在纽约，但黛丝戴儿女士也常至欧洲等处游历。

一九一六年她的《烦恼之歌》(*Songs Out of Sorrow*) 得美国诗社的奖金，一九一七年她又得了哥伦比亚大学的诗奖，为了她的《情诗集》(*Love Songs*) 群推为美国是年出版的最好的诗集。她的诗集已出版者有以下五种：

1. *Helen of Troy and Other Poem* (1911)
2. *River to the Sea* (1915)
3. *Love Songs* (1917)
4. *Flame and Shadow* (1920)
5. *Dark of the Moon* (1926)

她的情诗最有名，欧美文学界推为近代的莎浮(Sappfo)，惟原诗词至丽，余译了下面几首诗，颇觉费力不少，幸识者有以教之。

一九二九，十二，十七，衣萍记

(一)赠品（*Gift*）

我给我的第一个爱人微笑,

我给我的第二个爱人眼泪。

我给我的第三个爱人沉默,

沉默过了无限的日子。

我的第一个爱人给我唱歌,

我的第二个爱人给我凝视。

但是,呵,我的第三个爱人却给我灵魂,

灵魂永远存在我自己的身里。

(二)私逃（*The Flight*）

几度郎回头,

要侬同逃走。

郎情似燕翼,

侬身似燕子。

逍遥太空中,

远离风和雨。

怕闻旧人声,

叫侬奈何许?

抱侬在郎心,
如浪在大海。
藏侬在郎家,
家在万山中。
和平作屋顶,
爱情作家门。
只有旧人声,
声声不忍闻。

(三) 旅客 (*The Way Farer*)
爱情是一个可怜的陌生人,
那一天他走进我的心里来了。
他说他现在是无家可归,
我只好让他暂时在心里住下了。

他用忧愁破坏我的睡眠,
害得我在梦里也含着眼泪。

他害得我没有心情唱歌,

恐怖从此代替了我的欢喜。

现在,爱情是孤单单地走了,

我又觉得这老朋友怪可怜了。

晚上我一个人祷告多时,

希望他还有回来的日子。

(四)阿曼尔菲夜歌(*Night Songs at Amalfei*)

我问繁星天,

何以给我爱。

天答我沉默,

在上的沉默。

我问黑漆海,

渔人今何在。

海答我沉默,

在下的沉默。

我能为他泣，
也能为他歌。
要我永沉默，
此生将奈何！

（五）灯（*The Lamp*）
我把你的爱带在身上，
像一盏灯在我的手里，
我从此可安心在黑暗的路上巡游，
不会在恐怖的途中呼号，
也不会害怕那永久跟在身边的影子。

假如我能够找得着上帝，
我一定也要将他找着。
假如我找不着上帝，
我也可以回来熟睡。
我知道你的爱是怎样安慰我，
像黑暗中的一盏灯哪！

(六）凝视（*The Look*）

秀芬在春天和我亲嘴，

罗宾在秋天也亲过了。

柯宁却从来不敢和我亲嘴，

只睁着眼儿看看便算了。

秀芬的亲嘴在笑谈时忘掉，

罗宾的在游戏时也忘记了。

只有柯宁凝视着的眼睛，

日日夜夜把我的心儿缠住了。

《海上闲话》序

我应该感谢李小峰兄,因为承他的介绍,使我有机会认识张安世,并拜读他的大作的机会。

安世先生是专学法律政治的,游历日本欧洲十余年,回国后又历任政学界要职,是一个饱经世故的人了,所以他知道中国各方面黑暗而可笑的事情的确太多,他说这本小册子所写的不过他胸中十分之一罢了。但在这本小册子里,他引我们知道各方面的社会和人生:拖小辫的"海外遗民";至今尚问"钦差大人在哪里"、相信天师的"吴秀才",那正是几年前支配中国的大人物，而天师竟不知莫斯科在哪一国。其余如"排德"的"伟人"，"留学"的"太子"，"缠足"的"女硕士"，"每点钟只上二十分钟"的"两个教授王"，那正在当代中国黑暗中林林总总的现形人物，使人读了可笑可哭。至于"柏林病院的恋爱故事"，可做悲惨的小说读，我很希望有人拿来与《海外缤纷录》中的第七八回参看。这种所记是更详细而可悲的了。末了"闭门公使"一篇，那简直可收入《官场现形记》。中国的公使，有几个不是那样"闭门"的呢？

安世先生这本小册子的原来书名是《贫嘴》，但我因为这个北京话的名称不大普遍，所以毅然为他改为今名了。原文字句段落，章目前后，略有改易，也有几节故事，衣萍个人拟为删节的，后来又想"削足适履"究竟不好——所以除去一二节不便发表外，其余一仍其旧。明眼的读者，自然会披沙得金的罢，我希望。

约翰·弥儿（Johns. Mill）说："专制使人变成冷嘲。"中国言论的不自由大概自古如斯的罢。所以真正有志研究历史的人，我以为，假如整天地"像煞有介事"去读二十四史，倒不如在那些稗官野史、随笔偶谈里面去研究,或者还能多懂得古代社会政治人物的真面目。正如现在住在上海的人,看那些千篇一律的专登官电的大报,倒不如去看价值两个铜子摆在冷摊上的小报较有趣味,而且更能懂得眼前政治军事和伟人们的实在情形的。除掉一些正人君子们所疾首的"低级趣味"的笑谈外,《海上闲话》中的若干断碎的故事和史料,一定为当代人们所爱读,而且,十年后研求史料的人们或者也十分宝贵的罢。这小册子的内容价值实在不止于酒后茶余闲谈之资,我想。

衣萍于上海
一九三〇,六,二十三

园中随笔

去夏在莫干山,闻黄亮先生言康南海幼时甚勤学(康南海与黄先生同乡),行坐不离书卷,村人呼其为"憨为"。黄君宅中悬有康氏手书联:"大翼垂天四万里,长松拔地三千年"。可见此老孤高风格。又有手书横批一,曰:"千金买骏马之骨"。上有长方形图记,曰:"御赐天孝堂",旁作龙纹,据云该图记为南海所珍,不轻使用。

顾寿白医生,尝于四马路某处宴后,在街上行走,一乞丐尾之,顾予以小洋两角。该乞丐忽然破口大骂道:"两角小洋——谁要你的两角小洋!——给我两块钱也不要!——昨天我还是二十万的富翁呵!——"

在沧州饭店,见胡适之先生,我说:"胡先生,你对于普罗文学的见解怎样?"

胡先生很简单地说:"我还没有看见什么是普罗文学!"

在某次的笔会席,章士钊也参加了。章士钊刚从沈阳来,说那里的大学生没有做白话文的,做骈体文的却很多。章士钊又与徐志摩辩白话文言之优劣。徐志摩曰:"你不要说我们新,现在我们已经旧了。那些普罗文学才是新的呢。"

一首译诗

适之先生：

一星期前，我曾将拙作《枕上随笔》寄给先生，想先生一定已经看见了。我预料先生看到这书，也许要摇头叹气地说："衣萍这个宝贝，又做出这样宝贝的书来了！"但我还有什么法子呢？病得这样久，教书的饭是吃不成了，不做书，只得饿死，真是没有法子。

《枕上随笔》所记虽杂乱不值一笑，然语必有征，不敢作一谎语。例如太炎先生之故事，为吴检斋告我的，此事先生或尚未知。又所记本不止这些，因为有许多暂时不能发表,故均删却。将来有机会当刊为《二笔》、《三笔》,以供一笑。

又,《随笔》中曾记陈衡哲女士译 Sara Teasdale 女士的一首诗。今日偶买得 G. P. Sandors and J. H. Nelson 编的 *Chief Modern Poets of English and America*,查得原诗如下:

Buried Love

I have come to bury love
Beneath a tree,
In the forest deep and black,
Where none can see.

I shall puton flowers at his head,
Nor stone at his feet,
For the mouth I loved so much
was bibe sweet.

I shall go no more to his grave,
For the woods are cold.
I shall gather as much of joy

As my hands can hold.

I shall stay all day in the sun,
Where the wide winds blow——
But oh, I shall cry at night,
When none will know.

陈衡哲女士的译诗如下：

> 我在一株树下，
> 把爱情埋了。
> 那林里又深又黑，
> 谁也不知道。

> 白天里狂风乱吹，
> 我便在阳光底下过日子。
> 那晚上人们都睡了，
> 呀！
> 那我也可以哭了。

陈女士所译仅为首末二章，将中间二章删却。惟该稿为思永所抄，未知是否思永漏去（今又安得起思永于九泉而问之？为之一叹），想先生当有以教之。

近日偕曙天养病吴淞，每日看海而已。几时精神好当赴中国公学访先生谈谈。

匆匆顺请

近安

> 衣萍谨上
> 六，二十五，一九二九

关于《霓裳续谱》

适之先生：

那天听先生说肯替《霓裳续谱》作序，快活极了。我校点此书，开始在三四年前在北京的时候，当时本想只将《寄生草》一部分小曲选择校点，将其余的部分删却。友人中周作人先生也赞成这个意见，他并且说这些小曲的价值很高。后来我又和顾颉刚先生谈，他却说最好全部校点，因为个人的主观标准，是不可靠的。我觉得他的话很有理，于是有决定全部校点的决心。在京的时候，曾收集了三种版本，这二种版本似乎是同时印的，所以错字很多。后来又承亡友品青借了我一种藏本，比较清楚。但因为内中困难很多，忙于生活，或作或辍，终未校点完竣，直至最近养病海边，才抱了全部校点的决心。至迟两月之内，一定可以校点全的。

我校点此书的时节，曾将郑振铎君的《白雪遗音》拿来参考，发现了一些相同的小曲。可惜郑君的校点是一种节本，我想，如果能将《白雪遗音》和《霓裳续谱》的全部作一个比较的研究，一定可以发现一些重要材料，可以改正文字上的错误。但不知《白雪遗音》的全本何处可以找得耳。

我从前在京收集《霓裳续谱》的时候，曾听见旧书坊里的人说，日本人收集此书的很多，所以价钱也涨高了。（我第一次买得此书的时候，每部只花一元二，后来每部竟涨到四元。）我疑心日本的学者也许有研究此书的论文，曾托友人汪馥泉代为留心，尚无所获。几月前曾见徐玉诺君在北京的一个刊物中介绍此书的论文，可惜他所根据的是一种不完全的本子。在京时我曾面托作人、半农二先生为我的校点本作序，他们都已面允了。最近我又将我校点的书给林语堂先生看，请他也做一篇序。这次又蒙先生允为作序，我真十分快活。我希望这书能得先生们的有力的论文，给它估定一个文学史上的评价。

我想拿《缀白裘》来和《霓裳续谱》比较一下，因为《霓裳续谱》内（卷二）也有一节关于《思凡》的小曲。不知先生那里有《缀白裘》没有？先生藏的《霓裳续谱》的清楚本子也想借一借，以便参考。又请先生告我诚之兄的北平地址，我想请他将先生手校之《樵歌》寄给我，因为我想在最近期内把以前刊误校正一下，又把先生手批的附注也校录一下，先生关于《樵歌》的附注想完全抄入。俟将整理完全即将本子送还先生。种种费神，不胜感谢。匆匆，顺颂。

近安

衣萍谨上
一九二九，七，二十五

看 海

启翁大鉴：

　　许久不写信，只为生病。今养病吴淞，每天看海而已。看海之余，则做文章，以免饿死。奈头脑衰弱，每日写不了若干字。呜呼，而今方知胡博士与梁任公辈下笔十万言之为难得也！书坊论稿算字，以郭沫若、张资平辈最近售稿得价最高，据说每千字十四五元以上。嗟乎，苟非文豪，曷克臻此，嗟予小子，其何能及！

　　拟在海边过夏。待天气渐凉，秋风起时，或能到北平苦雨斋中啜茗，亦未可知。惟小僧之事，亦颇难说耳。

衣萍
一九二九，六，二十三

同病相怜

铁民：

前得手片，云病愈之后，三日之内来看海，匆匆又四五日矣。想"阿灰"病仍未愈耳。仆抱病既久，乃怜惜天下有病之人，以为人而有病，有好酒肉不能吃，有好景致不能看，有好女人不能通情愫，宁非天下之至苦耶？初不料生龙活虎如"阿灰"亦一病至此！

仆来此后，以天气凉快，所以吃得多，也睡得多。奈天不保佑，昨天又吃伤，肚痛了一晚，从今天起，又暂度"一箪食,一瓢饮"的生活了。希望明天肚痛可好,能再吃肉。不知"阿灰"何时来此共大嚼也。

衣萍
一九三〇,十一,九

填　词

铁民：

　　梅雨连天，懊恼煞人！

　　哈母生（Hamsun）的《饥饿》（*Hunger*）已译好卖出去否？这个年头而译《饥饿》，诚难免饿死之虞。天下何事不可为！做官做强盗，皆发财之捷径。然而我辈必藉笔墨为生，天下能读书者又有几人？以心血供俗人玩弄，与四马路之野鸡又有何异？

　　今晨填词，得："夜院深深深几许，苦雨连天，蛤蟆无躲处。"忽不能续下去，未知老铁能否为续成耶？

衣萍
一九二九，七月六日

附复函

衣萍：

　　信收到。《饥饿》尚在校阅；这种费力的事，原只有傻子干的！倘若俗人肯来玩弄你的心血，倒也罢了。最悲哀的，你跪在俗人面前，求他玩弄你的心血，他还现出不屑的神气呢！

　　尊作"蛤蟆"句极有风味，实神来之句。小可不才，依调填二句曰："跣足蝌蚪地上坐，朝朝暮暮喃喃语。"以为如何？

　　小病经旬，手背已见筋骨，俟略肥，方敢来游海滨，怕为海风吹去耳！

铁民
一九二九，七月六日

饭 碗

静之：

接铁民来书,知真如铁饭碗已经打破,不知兄将有何感想也。滔滔者天下皆是陈钟凡之流。今日之世界,正启明大师所谓"多磕头少说话"之世界。吾辈头皮太薄,嘴巴太硬,终身贫困,亦固前生阎王注定耳。夫复何言!

《父与女》已翻阅一过,觉较兄前作《耶稣的吩咐》等已有进步。今后兄将作何消遣?仍作小说以度日乎?抑仍想得一饭碗以教书乎?教书作小说,俱是人生末路。夫复何言？

弟来海边，已将二旬。身体渐佳，唯仍没有精神。虽住疗养院，除间日一打针外，亦如住旅馆无异。铁民近卧病，闻因不肯花钱请医生，宁服"百龄机"以度日。人而无钱，千万不要生病。使弟能腰缠十万贯者，拙病亦已早愈矣。

拙作《枕上随笔》见否？竹英近何似？烦代致意。并盼来信。

衣萍
书于海风怒号之日 一九二九

久静思动

慕庐先生：

从南京别后，一病两年，呻吟卧榻，其苦难述。回忆数年之前，先生在北京古庙时炎热的夏天，同在锣鼓叮当的戏场下，出着汗，喝着茶，听官僚与商人齐声向徐碧云叫好。而今静处海边，每天看见的只是青天白云，听见的不过呼呼的海风声与呜呜的汽船声而已。久静思动，奈顽躯尚弱，动不得也奈何！

前晤张志佩，知先生已在南京造了小洋房，可喜可贺。几时病好，当来京 游。南京无徐碧云可看，奇芳阁之干丝与烧饼尚堪一嚼。闻秦淮河之游舫已稀,诚古今未有之大煞风景。

           衣萍
         八月二日,一九二九

关于随笔

语堂吾兄：

前接手示，适梅雨期中，精神疲惫，延今未复，罪甚。日来天气热极，海边惟早晚较凉，终日喝水，出汗，睡觉，听树上蝉鸣，小说是一个字也写不出，奈何！

《枕上随笔》听说尚不乏嗜痂之流，前晤胡圣人于海滨，亦谓"颇有趣味"。而兄乃称"此项著作在中国尚为第一次"，则未免过奖。弟意今日能写一"客观"之有趣味随笔，非疑古翁不办，以疑古翁见闻既多，笔亦极健，能写一册随笔加惠我辈，其功当不在制定罗马字拼音之下。忆数年之前，兄在《语丝》亦谓疑古翁最好能写一"景山东街杂记"，惜闻疑古翁从去岁起又荣任师大国文系主任，想车马倥偬，当又无暇执笔，我辈同去函劝进如何？

前阅报见曲阜某校因演兄之《子见南子》一剧，而生许多麻烦。以孔圣人故乡，而能演兄剧，足见兄文字之力。然滔滔者天下尽是圣人之徒，而昔日只手打孔家店之英雄们，则早已不知何处去。圣教前途，大可乐观。而我辈亦当兢兢业业，免为少正卯耳。天下其不久太平乎？一笑。

衣萍
七，二十六，一九二九

若子女士之死

启明先生：

　　的确有半年不曾写信给先生了，冬去春来，炎夏又至，久病之身，衰惫依然，只是一年以来，未曾吐血，聊堪告慰。

　　我和曙天常常想起先生和师母。想起苦雨斋中的欢谈，便联想到若子女士的惨死，我们都不禁为之凄然——是的，我们都好久不写信给先生了，我一提起笔便想起若子女士，真不知写什么话可安慰先生和师母！曙天说："若子女士是给山本害死的！"我想到在北京时，因为神经衰弱到山本那里去看，他总说是有胃病。其实那时的消化不良是由于初期肺结核的关系，山本不曾详细诊断，去了十几次同样是黄的药水，白的药粉，是开胃强神经的药。到上海来之后，经过许多医生医治，没有一个说我有胃病的。像山本那样糊涂的医生，在中国竟会站得住脚，真也奇怪极了！

读半农先生的《北旧》，愈令人为之不欢。盲肠炎虽为危症，但开割得早，决没有危险的。是的，若子女士真是给山本害死了！想到那不可复活的青春年少——曙天说，若子女士同她的姊姊真是一对好姊妹，妹妹去了，她的姊姊真不知如何寂寞呀！是的，父母姊妹之情，思之令人惨然。我提起了好几次的笔，终不知写什么话来安慰先生和师母。死是人世最大的灾难，什么能弥补这永久的缺陷呢？

炎夏快来了，我们在遥远的上海，敬祝
先生和师母珍重！

衣萍
一九三〇，五，六

关于"猹"

柏烈伟(S. A. Polevoy)先生：

从前我接得先生来信，教我顺便问问鲁迅先生，他的小说《故乡》中的"猹"是什么东西。（因为这字字典中找不着。）几日前我看见鲁迅先生，便把这"猹"的问题问他。

他说，这"猹"字是我自己造的。

——究竟是什么东西呢？是"刺猬"罢？我问。

——不是，比"刺猬"大。他答。

——究竟是什么呢？我又问。

——是乡下人说的,我也不大了然。大概是"獾"一类的东西罢?

……

关于"猹"的问题,我能告诉先生的,如是而已。我想,先生译这字到俄文,可以采取译音的办法。

> 衣萍
> 一九三〇,五,五

我的作品

雨谷清先生：

半月以来，我在上海吴淞海边养病。接着先生和高明先生的信，使我十分高兴。

我对于日本是很爱好的，我虽然不懂日本文，但我平常爱读小泉八云（Lacodio Hearn）的书，也和小泉八云一样，对于贵国的人情风物非常爱好。我时常做梦，希望几时能到贵国来玩玩，并且看看那醉人的樱花。——我曾用《樱花集》做我的散文的书名，可以作我个人爱好日本的一种纪念。

贵国近代文学的进步是可惊异的，无论创作和翻译，在质与量两方面，皆非幼稚的中国文学可以企及。中国的新文学因为年龄太短，加之社会生活的艰难，所以在创作方面，实在没有什么成绩。先生要翻译中国文学的作品，好意是可感的。然在实际的作品上看来，我实在替中国文学界羞惭。

至于我个人的作品，更没有什么可译了。我生病已两年，现在还在养病，有几本计划中的小说都没有写成。现在还是一本旧作在那里流行。虽然内中有几篇小说译成俄文和世界语了，但那是译者的好意，在我，实在觉得无聊的。

先生要译我的小说的好意，我很感激，还希望我的拙作，不致使先生白费心力。我很希望先生和高明先生商酌一下，替我选择哪几篇可以译。我自己毫无意见。

这几天我将寄给先生一篇短的自传以及我的相片。我盼望先生时常和我通信。在一两月内，信寄上海吴淞。匆匆并颂

撰安！

衣萍

一九二九，七，九

秋风集

序

是好几年前的事情了,那时我的身体很不好,几乎每天在病榻中,生活自然是很困难了,文章也不能写,真是没有法子。那时有个厦门的什么书店,曾在上海的报登大广告,说是有资本百万元的,我去出本什么集子,本来是预支版税百元的,稿子寄去,只汇下五十元来,此后便没有消息了。后来我写了一封信去催,结果是一点消息也没有,那书局也关门了,经理也跑掉了,你去找谁呢?没有法子,随他去吧。因为那些文章都是从我的著作中节选出来的,而且版权也是我自己所有,有什么关系呢?

不料,过了几年之后,我那本小小选集又落到我朋友高凤岐先生的手里,他们几个朋友出了大价钱,从一个什么宇宙书店买来的。原来是厦门的那个什么书店倒掉了,倒给一个什么宇宙书店,那什么宇宙书店又悄悄地卖给高凤岐先生,等到高先生来问我,才知道那书版权是我自己的。但是高先生已花了钱受了损失了,我没有法子,只好让那本书再出版,为了觉得自己太对不起读者了,乃加上一些稿子。可见中国之大,出版界是无奇不有的。可惜我到如今还没有发大财,有如那私吞公款办杂志的某先生。呜呼,文人之苦,有谁知道!

章衣萍
一九三三,八,十四

夜莺与玫瑰（Oscar Wilde 原著）[①]

"她说，她将同我跳舞，倘若我能够带一支红玫瑰花给她。"一个青年学生说，"但是在我们花园里面，竟没有红玫瑰花。"

在橡树的巢里面，有一只夜莺听着他说这话，她从树叶里望出来，望得痴了。

"没有红玫瑰花在我的花园里！"他喊着，美丽的眼里盛满了眼泪。"呀，快乐究竟靠着什么小东西呢？我

---

① 翻译作品。

读尽了贤人的著作,什么哲学的神秘我都懂得了,但是因为一支红玫瑰花,竟弄得我的生活造成这样不幸。"

"这里到底是一个真情人了。"夜莺说,"天天晚上我唱歌给他听,虽然我不知道他的姓名。天天晚上我同星星谈他的小说,现在我才看见他。他的发像玉簪花萼一样黑,他的唇像他想找的玫瑰花瓣一样的红。但是痛哭已经将他的脸弄成灰白了,忧患已经在他的眉毛上盖了图记了。"

"皇子将于明天晚上开跳舞会。"青年学生喁喁说,"我所爱的人一定也在里面。倘若我带一支红玫瑰花给她,她将同我跳舞到天明。我的臂将抱着她的身,她的头将靠在我的肩上,她的手将紧紧抱着我。但是没有玫瑰花在我的花园里,这样我将静悄悄坐在那里,眼看着她从旁走过,她将不注意及我,我的心儿一定要碎了。"

"这一定是真情人了。"夜莺说,"我为了爱情唱歌,他为了爱情担忧;我以为爱情很快乐,他为了爱情反吃苦。爱情真是一桩怪东西!它比翡翠还要贵重些,比玛瑙还要可爱些。珍珠宝贝也不能买它,它也不能放在四方街上去卖。它不能给商人买去,也不能给金的天平秤秤去。"

"音乐家将坐在他们的边厢里。"青年学生说,"他们玩弦的乐器,我的爱人将在风琴声和提琴声里跳舞。她舞得很轻飘,她的脚连地板也不贴着,美衣乞宠的人将拥挤地围绕着看她。但是她将不同我跳舞了,因为我没有红玫瑰花给她。"他把身子躺在草地上,用手掩着他的脸,哭起来了。

"他为什么哭?"绿蜥蜴问,他甩尾巴打旁边走过。

"真的,为什么?"蝴蝶说,她正朝着阳光飞舞。

"真的,为什么?"雏菊花娇娇地对她的邻人说。

"他哭着要一支红玫瑰花呢。"夜莺说。

"真可笑!"小蜥蜴说。他许多事全用讥笑态度。

但是夜莺懂得学生的忧愁,她坐在树上一动也不动,静想着爱的神秘。

忽然她张开褐色的翼,高飞到空中去。她经过森林好像一个影子,好像一个影子飞过花园。

草地中间有一棵美丽的玫瑰树。她看见了,她向那里飞去,站在一根小枝上。

"给我一支红玫瑰花。"她说,"我将唱好听的歌儿给你听。"

但是树摇摇它的头。"我的玫瑰花是白的。"他答,"白得像海里的泡沫一样,比山上的雪还要白些。但是你飞到钟台旁我的兄弟玫瑰那里,或者它能够给你所需要的。"

于是夜莺飞到钟台旁那棵玫瑰树那里去了。

"给我一支红玫瑰花。"她说,"我将唱好听的歌儿给你听。"

但是树摇摇它的头。"我的玫瑰花是黄的。"他答,"像坐在琥珀宝座上的人鱼头发一样黄,比牧场上拿着镰刀人面前的水仙花还要黄些。但是走到学生窗前我的兄弟那里去,他或者将给你所需要的。"

于是夜莺飞到学生窗下的玫瑰那里去。

"给我一支红玫瑰花。"她说,"我将唱好听的歌儿给你听。"

但是树摇摇他的头。

"我的玫瑰花是红的。"他答,"同鸽子脚一样的红,比在海洋内飘飘的珊瑚还要红些。但是寒冬冻坏了我的叶脉,浓霜摧残了我的嫩芽,暴雨打折了我的树枝,今年全年我再也没有玫瑰花开了。"

"我要一支红玫瑰花,"夜莺说,"不过一支红玫瑰花!我用什么法子才弄得来呢?"

"有一个法子,"树说,"但是这个法子太危险了,我不敢告诉你。"

"告诉我,"夜莺说,"我是不怕的。"

"倘若你要一支红玫瑰花,"树说,"你可以在月亮地下用音乐把它做出来,用你自己的心血去点染它。你唱歌时,用你的胸对着我的刺。全夜里你对着唱歌,将我的刺刺到你心里去。你的鲜血流到我叶脉里去,变成我自己的。"

"死是红玫瑰花的大代价,"夜莺喊着说,"并且生命比一切都可贵些。这却很好,坐在那绿林中,看太阳在金色的车里,月亮在珍珠的车里。山茶花的香味,躲在谷里吊钟花的香味,山上吹来野草花的香味,吹得我心醉。爱情比生命还可贵些。什么鸟的心比得上人的心呢?"

于是她张开她褐色的翼,飞到空中去。她飞过花园好像一个影子,好像一个影子在树林里飞过。

青年学生仍旧睡在草地上——就是夜莺离开他的地方——那美丽眼里的泪还没有干呢。

"欢喜吧，"夜莺说，"欢喜吧，你将要得着你所要的红玫瑰花了。我将在月亮地上用音乐将它造成，用我自己心上的血去点染。我所要求你的代价，就是你要做我的真情人。因为爱情比哲学还要聪明些，虽然哲学是聪明的。爱情的能力比强权有用些，虽然强权是有能力。"

她的翼多带着火样的容色，她身上的容色像火一样了。她的唇像蜜一样的甜，她的呼吸多含有香味。

学生坐在草地上，仰天望望，听听，他不懂得夜莺说什么，因为他只懂得写在书上那些东西。

橡树懂得她的话，它觉得很悲伤，因为它很爱在它枝上做巢的夜莺。

"唱一曲最好的歌给我听，"它喁喁语，"你去时我一定很寂寞。"

于是夜莺唱歌给橡树听。她的声音像银瓶泻水一样。

她的歌唱完了，学生跳起来，从袋里拿出一本手册和一支铅笔。

他自言自语道："她不许他人反对她的脾气，但她也有感情吗？我是不害怕。在事实上说，她好像许多美术家一样，她手段圆滑，没有一点真忱。她绝不肯为旁人牺牲自己。她只爱音乐，大家都知道艺术是自私的。不过，这是可羡的，在她的声音中，多带着美的标记。这是很可怜的，他们什么事都不思索，也试不出一些好处。"他走进房，躺在他的小床上，静想着他的爱人，过了一刻，便睡着了。

日光斜照天空的时候，夜莺飞到玫瑰树那里去，将她的胸靠近刺。全夜里，她一面唱歌，一面将刺插入胸中去。这时节，只有无情冷酷的月光，低头倾听。她一面唱，刺渐渐的深插入她的胸，她的生血直流出来。

起初，她唱一曲男女孩心里爱情发生歌。这时，在树最高颠的枝上，开了一枝奇怪的玫瑰花。这里一句一句的唱，那里一瓣一瓣的开。初看，花很灰白，好像睡在江里的浓雾，好像晨光的足，好像曙色的翼。这枝头的玫瑰，又如同玫瑰影在镜里，又好像玫瑰影在潭里。

树对夜莺说叫她靠近刺些："靠近些，小佼莺，化总要在早晨前成功才好。"

于是夜莺靠近刺去。她的歌声渐渐地响起来，唱男女灵魂苦痛的歌。

一片纤纤淡红色的花，飞进玫瑰树叶里来，好像新郎的脸来和新娘接吻一般。但是刺还没有达到她的心，所以玫瑰花的心还是白的，因为只有夜莺心里的血能够把玫瑰花的心染红。

树对着夜莺说叫她靠近刺些："靠近些，小夜莺，花总要在早晨前成功才好。"

于是夜莺靠近刺去，刺达到她的心了，她觉得痛得非常难受。痛一些些的增加，她的声音便一些些的散漫，因为爱的歌已经死了，为了爱死不在坟墓里。

这奇怪的玫瑰花变红了，像天之东方玫瑰花一样红。花瓣四周，花心内部，完全红了。

但是夜莺的声音渐小了，她的双翼微击，薄膜掩着她的眼。她的声音愈变愈小了，她觉得喉里如煮物一般。

现在她唱最后的歌了。月亮听见，在天上出神，忘记了黎明。红玫瑰花听见，张开花瓣在早晨的冷空气里怕得发抖。山谷里的回声，惊醒了栏里睡羊的好梦。它随着河里水声，把消息带到海里去。

"看，看，玫瑰花成功了。"树说。但是夜莺一句话也不说，因为她死在草地上，刺在她的心里。

午时，学生推开窗来望望。

"怎样这么好运气！"他说，"这里是一支红玫瑰花，我平生从没有看见过这样的花。这样美丽的花一定有个拉丁文的名字。"他弯着身便把花采下来。

他戴着帽，拿着花，跑到大学教授家里去。

教授的女儿在门旁坐着把青丝绕到纺车上去，她的小狗，蹲在她的足旁。

"你说你将同我跳舞，倘若带着一支红玫瑰花给你。"学生说，"这里是世界上一支最红的玫瑰花。今晚你将围在心旁同我跳舞，这个可见我如何爱你了。"

但是女儿的面色不快活起来。

"我恐怕这样的花不能配我的衣。"她答，"并且大臣的侄子已经给了我好多宝石，什么人都知道宝石比花贵重些。"

"这样说，你真是一个负恩人。"学生说，他把花一摔,摔到路旁,车轮从上面走过。

"负恩?"女儿说,"我告诉你,你真俗!你想想你是谁?不过一个学生罢了,我相信你的靴上没有大臣侄子那样的银扣子。"她从椅上起来,走进家去了。

"爱情真是骗人的东西。"学生一面说一面走了。"爱情还没有哲学一半有用,因为它不能证实一件事情。它告诉人许多虚缈的事,叫人相信什么事都不真实。实际上说,它是极不能实用的。这时节,什么事都要实用的,我要回头研究哲学里的玄学了。"

他到房里理出一大堆灰尘的书来,他开始读书了。

(附记)

这篇译文系一九一九年在北京所译。系根据《近代丛书》(Modern Library)的王尔德的《童话和散文诗集》(Fairy Tales and Poems in Prose)译出。曾在《学林杂志》发表。

一九二八,十二,二十二记

论冰莹

——给林语堂兄的信

语堂兄：

　　那一天，我听说冰莹女士还在上海，就写信给你，盼望你介绍她到我家里来谈谈。第二天，你来说，冰莹女士已经走了，就在接着我的信的那天早上。到哪里去了呢？"一位武装的冰莹，看来不成闺秀的冰莹"？

　　一九二七年这一年，在未来中国的革命史上，应该占怎样的位置呢？虽然现在还在悲惨的时代的中国，那时节，究竟也曾现出一些伟人的幻影。然而这些幻影都已经过去了,灰色的黑云弥漫了清朗的乾坤,天边的红霞早经湮没了它的踪迹。在文字上留着这些踪迹的,据我所知,一是茅盾的三部小说:《幻灭》、《动摇》、《追求》;一是汪静之的《父与女》中的一篇《火坟》;一是冰莹女士的《从军日记》。虽然《从军日记》不是一部小说,然而我爱它新鲜而活泼而且勇敢的文格,这不是一些要讲技巧结构的文人所能写得出来的。

现在,我们且论冰莹吧。

我们拿冰莹的文章来论冰莹,自然是冤枉她的。我们的武装的冰莹自有她的武装的价值。记的不清是谁的诗了,说:"舌下无英雄,笔底无奇士。"但笔底的冰莹却自有她的价值:

······这些信(日记也是如此)是我每天抽出几分钟或十几分钟写成的。那时草地是我的凳子,膝盖是我的桌台,也有时卷坐在一堆堆的草里,借着老百姓的豆大菜油灯光在更深人静的夜里写着。(这多半是被蚊子和臭虫咬得实在不能入睡的时候才爬起来)。至于在行军时休息的二十分钟内,更是我写东西的好机会了。记得有一次大约是从蒲圻到嘉鱼吧,我听着休息的号音了,忙坐在草丛里取出纸和

笔来写着几天来的日记。(《从军日记》六十二页)

语堂兄，"革命文学"的玩意儿，这两年，在上海滩上，不是闹得很厉害么？你我都是语丝派的人，原都在该打倒之列的。但我的意见，却同启明先生一样，以为"文学至少也总不就是革命"。但启明先生又赞美："英国的摆伦（Buron），匈如利的裴德飞（Petofi）那确实不愧为革命诗人，很有砭顽起懦的力量。可是摆伦终于卒于密所降吉军次，裴德飞死在绥该思伐耳的战场上，他们毕竟还是革命英雄，他们的文学乃只是战壕内的余兴，和文士们的摇瘦拳头是不很相同的。"(《永日集》一九三页～一九四页）语堂兄，我们不敢说冰莹比得上摆伦和裴德飞，但《从军日记》是在从军的前线写的。如果"革命文学"这个名词可以成立，《从军日记》也可算是道地的革命文学了。

在文体上说来，《从军日记》乃是一册散文。记得小泉八云（Lafcadio Hearn）似乎说过的，小说与诗的形式渐渐变化了，代之而起的是一种新的散文，一种"小品散文"（Pause of Small Thing）。我们就以中国新文坛中的成绩而论，散文的成绩似乎也比诗歌小说好得多。我们小品散文的始祖自然要推苦雨斋主人周作人先生，继之而起的有朱自清、俞平伯、孙福熙诸君，他们的散文都各有各的文格和风趣。但是，我们的冰莹的文章却有她的特别的"气骨"。

我总觉得俞平伯、孙福熙两君的散文有点扭扭捏捏（恕我无礼一次！）而冰莹的散文却勇敢而且活泼，几乎一点女儿气也没有！我想，冰莹的文章不是坐在书房内做出来的，是在行军时随便写出来的，她的文章正同诗人 Keats 所说树叶长在树上的诗句一般自然。

我们再看一段文章吧：

> 还有一次是夜间行军，大概是九点半钟底时候，我们休息在距蒲圻十五里的山道上，我疲倦得要哭，倒在地上便睡了。那时青草做了我的枕席，蚂蚁不住地在脸上走来走去，我也不管它，只是沉沉地睡着，睡着，睡着，正像在母亲的怀里一般。
>
> "骇吓！你是什么人？口令！"突如其来的这一声把我从梦中惊醒，我忽然觉得右腿剧痛，原来这是下连指导的大脚踢了我。
>
> "什么？口令？我是……"我痛得要命，只顾抱着脚，抱着我的一天能走百余里的爱脚去抚摸。

"口令!"

"冰莹!"

"什么?你到底是什么人?"

"我到底是冰莹。"

(六十四页~六十五页)

"我到底是冰莹。"对呀!在冰莹的文章中,到处可看见这种特立独行的态度。冰莹就是冰莹,一点扭扭捏捏的态度也没有。

语堂兄,我不知道你读过茅盾和汪静之的小说没有?(我知道你不大看中国书。)有人批评茅盾的小说,说《幻灭》描写的只是幻灭,《动摇》描写的只是动摇,《追求》描写的也只是追求。是的,茅盾的《追求》,到底追求什么呢?我们不知道,他自己也不知道。茅盾的小说是没有出路的。汪静之在他的《火坟》的结尾,大声疾呼的说:"可诅咒的世界,该死的人类!我把我们火葬,我用大火做你们的坟墓!"但他这种"毕风君"的"散火"态度,也还只是"阿志跋绥夫"式的个人主义的反抗行为,不是革命。革命是离不开群众的。真的革命的开始,有光明,自然也还除不了黑暗,但黑暗只是暂时的。

我们且看革命潮流中的"十二岁的小女孩"吧：

> 有一个十二岁的小女孩张青云，她的家里有父母及小妹妹四人。她是大脚剪了发的女学生，这次S的军队反动，她被一位恶妈妈冤告为妇女协会干事，于是她被捕去了。当时母亲和小妹妹哭个不了（因为父亲是作农运工作的，那时恰好外出了）。她很勇敢地说："母亲！不要哭吧！即枪毙我，我也要呼几个口号才死的。"于是那些狗王八蛋的强盗们说："是的，这才是真正的革命者，不怕死，不流泪，只流血。"她很勇敢地答应说："是呀！死有什么可怕呢？"（《从军日记》十七页）

这样的革命女子，在茅盾的小说里没有，在汪静之的小说里也没有。在目下任何小说家的笔下都没有。

但未来的革命的基础，是建筑在这样女孩的身上的。

语堂兄，你看过胡适之博士的《人权与约法》没有？如今"革命"时代，只有"军权"，哪有什么"人权"！什么"约法"！胡博士终于是一个"傻子"！但是那时的革命军人却也有他们的"约法"：

>……苏同志说,前天枪毙了一个YS那里做事的汪副官,所有民众去看的都拍掌说杀得好,真杀得好。当他未枪决以前,我军捉拿他的说,你是一个长官,本来舍不得杀你(故意说的),你又说你是好人,我们更不能杀,但是现在你到街上去走一遭,假使民众都说你是好人,那么就放了你。他刚出门,见了他的民众,无论男女老少都说他是伤害我们的,应该杀了他,枪毙了他。好!于是走两条街就牵转来把他的狗命结果了!(《从军日记》三十五页~三十六页)

这是革命的行为!这是"国人皆曰可杀,然后杀之"的态度!

但是可笑而又可怕的情形,在冰莹笔底也有:

>这里有一个笑话我要告诉。在长沙的某一个乡村里(原名我忘记了),有一次捉了一个土豪来,农民协会的主席将土豪的罪状宣布给大众知道了,问他们赞不赞成枪决,如赞成的请举手。他们——男女老幼——却一齐举手。后来弹子嘭的一声炸了,他们很慌张地问:"哪里来的枪声?"

>"就是枪决刚才宣布罪状的土豪呀!"主席回答他们。

"为什么要枪决呢？"

"宣布他的罪状时，你们没有听到吗？你们知道为什么举手吗？"

"不知道为什么举手。"

（《从军日记》八页）

这样苦惨而可笑的故事，一般空谈"获得群众"的人看见没有？革命是离不开群众的，但是这样的群众应该怎样去训练他们？组织他们？我们愿意那些从事农工运动的同志们不要忘记了这种苦惨而可笑的故事。

《从军日记》给我们的是一幅革命开始进行中的明与暗的影子，这幅影子应该永远传下去的，虽然那时代已经过去了。然而暴风雨终于要来的吧。愿冰莹女士有一个伟大的将来！

弟 衣萍上

春秋杂感

一、谣言

我的车夫抱了小萍在弄堂中游玩,一家三层楼上,把水泼到街心来了,泼了小萍一脸。小孩子受了水的袭击,哭起来了。

车夫回家告诉我,我去敲那人家的门,同他理论。一个穿白布短小衫的胖子从楼梯上摆下来了,他伸出头来,望望地上的水,说:"这水是我家倒的么?没有证据。"

他悠悠地把头一摇,脸上是一脸的横肉。

"看见你家倒出来的,还不算是证据么?"

他把头一摇,又走上楼了。

我这时真想在他那横肉的脸上,敲他几拳。可惜他又走上楼去了。有人说,这是对门人家的主人,新从天津来的,从前做过官呢。

把水倒在人家的头上,却说"没有证据"。这真是无理的强辩。这因为,他料到,水倒在脸上是马上要干的。水干了,你哪里去找"证据"呢?

这种本领只有"做过官"的人最会做。在去年,上海滩上出过两件案子。大猪八戒闹关了一家杂志,小猪八戒闹翻了一家书店。那事情的是非,都非我所想评论。但我想,信仰宗教是人们的自由。强迫人们信仰一种宗教或诬蔑人们信仰的一种宗教,都不是应该的事。

然而,无聊的谣言,正同把水倒在头上一样,袭到我的身上来了。那是说,两件案子都和我有关系。那谣言,据汪馥泉先生告我,赵××曾告诉他,是从李××老爷那里来的。而李××老爷,据说又是从孙××老爷那里放出来的。

那谣言,是传得很快,许多爱我的朋友都直接间接来问我。可是,事过一年了,至如今还没有人能证明,我是否×教信徒,以及我有没有×教朋友,同性的或异性的。

我尊重一切有真实宗教信仰的人,但我却不信任何宗教。我诅咒那用污秽的文字来侮蔑宗教的人们。而用污秽的文字靠办杂志发财的尤得诅咒。

把谣言来欺负或损害我,是没有关系的。那创造或传播谣言的狗才老爷是有福了,脸儿都吃得胖胖的。呸!

二、英文笑话

一个学生写信给他的朋友,开始用英文:

××kind brother and great man。他的朋友不懂他的意思,后来仔细一想,是"仁兄大人"的翻译。

一个"仆欧"说人家是外行:You are out line!

三、我想

我想,在我的门上,挂块牌,上面写着:"搁笔的画家,不做诗的诗人,不曾做中文的中国文豪,不要进我的门来!"

密斯陆说:"这是太缺德了。"所以我终于没有写。

四、可怜的中国

可怜的中国,你将往哪里走?

哭泣,怒骂,诅咒,叹息,这都不是健康而努力的呼声。你应该悲壮地呼喊,勇猛地直前,在血泊与饥饿中前进,用你的古旧的灵魂与你的衰老的肉体。我祝你返老还童。

你不要左顾右盼了!你不要交东接西了!唯一的可靠的力量是你自己。你应该懂得自己,爱惜自己,鞭策自己。你应该努力前进,超过一切的国家和民族。你应该自己相信自己。

我这样希望你。

可是我的耳中听见的,还只是哭泣,怒骂,诅咒,叹息。他左顾右盼,他交东接西,可怜,自己一步也不肯往前走!

呜呼!可怜而悲惨的中国!

五、红楼梦的结局

偶然在旧书坊买得一册《饮水词诗》(万松山房丛书,南海胡子晋刊),印刷颇精。后有署名"鹏图"的跋语,大致谓红楼梦之宝玉,相传即纳兰性德。此相传之语,原不足信。但可注意的乃是末一页署名"唯我"者的手书跋语。该跋语上说:

> 尝记往见《石头记》旧版,不止百二十回。事迹较异于今本。其最著者,荣宁结局,有史湘云流为女佣,宝钗黛玉沦落教坊等事。某笔记载其删削原委。谓某时高庙临幸满人某家,适某外出,检书籍得《石头记》,挟其一册而去。某归大惧,急就原本删改进呈高庙,乃付武英殿刊印。书仅四百部,故世不多见,今本即当时武英殿删削本也……

"唯我"不知为何人,但这个跋语很有意思。《红楼梦》不止百二十回,而结局是"史湘云流为女佣,宝钗黛玉沦落教坊",这实在比现在的通行本深刻!世上爱好红学的人很多。我们盼望将来能够发现那"不止百二十回"的旧版红楼梦!

六、赫理士的宝书

读了赫理士（Frank Harris）的《萧伯纳传》及《王尔德传》，深佩服他的流利而泼辣的文笔，幽默的描写。但我想读的书还是他的自传 *My Life and Loves*，这部书现在是不容易买的了。听说周越然君曾藏有是书。有一天，我在一个外国书铺里，问及此书，一个中国伙计说："有的，有的。"他随即在一个书架下的箱里翻出这书。那是厚厚的四本，黑皮的封面，是很旧的了。我随手一翻，有两三张裸体的插图。

"多少价钱？"

"三百元。"

"太贵了！能少些吗？"

"不能。只这一部书了，外国老板是不肯便宜卖了。再过九年，这书可涨到五百元，十年可涨一千元⋯⋯"

我一面翻着赫理士的宝书，一面想：三百元是太贵了。就当尽衣服也是不够买的。但赫理士的魔力在吸引我，使我不肯就走。

我再四同那伙计办交涉，他只是不肯。后来，另外一个同胞也来了，我问他能不能便宜些，他也摇摇头。

他说："两年前，不过百元左右罢了。现在非三百元不可。现在英国不能印，将绝版了！"

我告诉他，有许多书英国不印的，现在都有法国印的本子，例如《香园优理西士》等书。他说，赫理士的《自传》还没有法国印本，现在不能便宜。

伙计把四本书，仍旧摆到柜里去了。

我茫然地走出店门，心中想："腰缠十万贯，上店买好书。"的确是一件快事。

在车上，我想花十元去买那可以发财的航空奖券。

七、骗子

有艺术的骗子，有恋爱的骗子。

挂起艺术家的招牌，其实，却一笔也不能动手，只会老着脸皮说："一切艺术都是说谎的。你们懂得说谎，你们也懂得艺术了。"

这是艺术的骗子。因为谎话，除了骗子不会说。

有人读过陈学昭女士的《南风的梦》吗？那是一册很好的小说。

一个男子爱了一个女子,把她送到法国去读书。本来是答应帮助那女子的,后来,却一点也不帮助,弄得那女子几乎饿死在法国。一面却买通了许多留法学生,造许多谣言,似乎有非把女子弄死不可之势。

这也叫做恋爱吗?这叫做恋爱的骗子。

幸而陈学昭女士还在人间,她正眼睁睁望着那骗子的将来,我们希望她再写《南风之梦》的下一部。

八、办报销

十年前,我在北京,那时,曹锟还没有做总统,在做直鲁豫巡阅使。

北京办有一种《国风》报,是曹锟出钱办的。每月花一万多元来办报,不过印五百份罢了。那报,除了曹锟以及直鲁豫巡阅使公署的人,没有人能见得到。

有人说:"那不是办报,是办报销。"

曹锟也下野好几年了,那《国风》已不知吹向何处去了。

但是,那风气是不会绝种的。

上海滩上,也有人每月拿上千余元的津贴,办一本薄薄的杂志，那杂志，据说每期销不到三十本。

像曹锟一样的傻子，是永远有的吧，我为那办杂志发财的奴才祝福！！

九、僵尸的复活

许多老头子都在大学里教起古文来了。他们上课时专以攻击白话文为职业。一个金大的教员，在黑板上写了一首攻击白话的白话诗：

"天上飞来一片红叶，

红到再不能再红了。

嘴里吐出一口白话，

白也白到不能再白了。"

我们看见这无聊的攻击，想起僵尸的复活，深为中国前途担忧。

十、谩骂　畜牲

厨川白村的思想虽然不十分彻底，但也是很可爱的。在他的《走向十字街头》上，有一篇《论冷嘲与热骂》的文章，他说：

世上真有卑劣的人间,在新闻杂志上用匿名来骂人的恶汉,现今还未死尽。怕看见脸所以用包袱裹上,来凑文句的常套把戏。因为只限于那样的手法,所以说的话没有确固的根据,也没有排着条理。这是所谓谩骂吧,这是属于骂倒中的最下等最恶劣的种类。一面把被骂的对方的人名举在那里搁着,而却把骂的自己的名字隐秘着,从其回避正式人的责任之点看来,到底不能认定为是有人格者的怪物吧。把他看作是人间以外的动物,也是可以的。敢为覆面的谩骂的人们哟!你的乳名是畜牲!
(据绿蕉,大杰译)

在上海滩上,我们便可以遇见许多这种畜牲。他们在各种小报小刊物上匿名骂你,自己却远远地躲起来,吃得胖胖的。呸!!畜牲们!!你们什么时候敢拿真姓名真面目来见人吗?文章可以不做,人总不能不做的罢。

随笔三种

枕上随笔

壁虎有毒，俗称五毒之一。但，我们的鲁迅先生，却说壁虎无毒。有一天，他对我说："壁虎确无毒，有毒是人们冤枉它的。"后来，我把这话告诉孙伏园。伏园说："鲁迅岂但替壁虎辩护而已，他住在绍兴会馆的时候，并且养过壁虎的。据说，将壁虎养在一个小盒里，天天拿东西去喂。"

十年前，胡适之先生的《哲学史大纲》上卷出版，寄了一册给章太炎先生。封面上写着"太炎先生教之"等字，因为用新式句读符号，所以"太炎"两字的旁边打了一根黑线——人名符号——章先生拿书一看,大生其气,说:"胡适之是什么东西!敢在我的名字旁边打黑线线。"后来,看到下面写着"胡适敬赠",胡适两字的旁面也打了一根黑线,于是说:"罢了,这也算是抵消了!"

某年,某月,某日,在凡尔赛和会中,各国代表轮流陈说本国政府的意见。于是,中国的代表顾维均也站起来说中国政府主张怎样。法国代表克里孟梭(Clemenceau)在旁边听了,冷然地说:"中国在哪里?"

一个美国的科学家到德国去访相对论的发明者安斯坦(A. Einstein)。这位科学家与安斯坦从前并没有会面过的。他进了安斯坦的研究室。时安斯坦正服了衬衫匍匐地下,似乎正有所举动。这位美国的科学家以为安斯坦一定是在试验什么相对论的学理。哪知道,安斯坦匍匐了一会,忽然向这位科学家说:"先生,你能帮助我找吗?我的一张钞票丢了!"

冰心女士在北京一个中学演讲。一个学生问冰心女士是什么派的文学。她说:有些近于法国的高蹈派。又一个学生问:女士从美国回来为什么不做文章了?她说：因为生活上没有什么刺激。

冰心女士的早年作品（我是说她现在没有作品），内容只有母亲和小弟弟。她早年的生活是"哑铃式"的。这哑铃的一端是学校，一端是家庭，中间是一条路。

杜里舒夫人到中国才三日，便演讲批评中国女子大学教育。

杜里舒夫人在北京女子高等师范讲演，一次的代价似乎是三十元或五十元。讲毕，她把得来的钞票放在手中一张一张地数。数毕，然后向翻译的瞿先生说："你要不要分一半呢？"

"女子是铺盖，男子是牛。"樊先生这样说。停一会，又叹口气说："我现在要做牛还没得做呢！"

"女子是鱼，男子是钓鱼的。鱼一钓上手，就可以放在刀板上任意的宰割了。"穆先生这样说。

"女人有两种：一种是老虎，一种是蛇。"S这样说。

大家都知道鲁迅先生打过叭儿狗，但他也和猪斗过的。有一次，鲁迅说："在厦门，那里有一种树，叫做相思树，是到处生着的。有一天，我看见一只猪，在啖相思树的叶子。我觉得，相思树的叶子是不该给猪啖的，于是便和猪决斗。恰好这时候，一个同事的教员来了。他笑着问：'哈哈，你怎么同猪决斗起来了？'我答：'老兄，这话不便告诉你'……"

想起柯君，柯君的父亲是一个守财奴，把整箱的银子埋在锅灶下面，柯君却是一个 Marx 的信徒。（他已经不在人间了罢？）几年前，他对我谈主义，我说："你不用谈主义了，你还是回家把锅灶下掘一掘吧。"

鲁迅先生在上海街上走着，一个挑着担沿门剃头的人，望望鲁迅，说："你剃头不剃头？"

我们乡间有个疯子，他的嘴里老唱着："天上无我无日夜，地上无我无收成！"

一位女士，相信曾国藩的饭后千步的格言，于是，每餐后走一千步，一步也不少。这样走了三个月，把胃走得坠下来了，只得送到医院去。

某监察委员，有人去同他讨论什么事情，他总是这样说："好的，好的，回头我想想看。"

胡适之先生在西山养病时，曾填《江城子》一词，程仰之抄之以示众，词云：

翠微山下乱松鸣。

月凄清，

伴人行。

正是黄昏，

人影不分明。

几度半山回首望，

天那角，

一孤星。

时时高唱破昏暝，

一声声，

有谁听？

我自高歌，

我自遣哀情，

记得那回明月夜，

歌未歇，

有人迎。

余抄此词匿名与陶知行先生观之，并请其猜为何人所作。陶云："此适之所作也。"余曰："何以知之？"陶云："我自高歌，我自遣哀情，正是适之本色。"

胡适之先生在美留学时，壁上悬有英文格言：It

you can not speak loudly, keep your mouth shut。"假如你喊得不响,不如闭着嘴巴。"

顾实先生在他的《中国文学史》上说:"文学者,文学也;文学史者,科学也。"

一个大学教授,因为旁人说他与女学生有恋爱,他气极了,到医院里把生殖器割去,因此,竟成跛足。

一个大学教授,在讲堂上喃喃地说:"我有两个老婆,一个是乡下人,一个是城里人。城里人虽然漂亮些,但生儿子还是乡下人好。"

七年前,余在北京东城住公寓,有时甚穷,赖当衣为活,得钱辄与陈旭至东安市场买酒,曾作诗自嘲:

> 今日当衣裳,
> 明日当衣裳。
> 衣裳已当尽,
> 只剩一空箱。
> 有钱沽酒饭,
> 无钱还卖箱。
> 得钱十吊五,
> 招朋醉一场。

一个五岁的孩子,晚上,对他的父亲注视了一会,然后很神气地叫了一声:"爹爹!"停了一会又说:"你今天还没有叫我呢。"

首都(南京)近流行一首新童谣云:"二道毛,笑嘻嘻,三言两语成夫妻。"(注:都人士称剪发女子为二道毛。)

郁达夫在北京时,一个私立大学请他去讲演《小说作法》。他说:"这个题目,你们最好去请美国人来讲,他们讲的一定比我好!"

马一浮一日谓人曰:"君知当年寄居杭州萧寺时,有一人能背诵《杜诗全集》而不遗一字者乎?此人即今之陈独秀是也。"

梁任公在伦敦时,往访 Giles,时 Giles 正卧病,闻公来,抱病出见,问公曰:"闻中国近日提倡白话文,公意如何?"公曰:"我甚赞成。"于是,Giles 抚胸良久,似甚愤怒。

一个国立大学的教授,气愤愤地说:"胡适之提倡白话文学,白话文学是反革命,所以胡适之是反革命。"

某"诗人"在大学讲堂上教学生看女人应该从脚跟看起。

"大学吗？大学不过养了一些大饭桶，造就一些小饭桶罢了！"

陈柱尊先生在暨南大学的讲堂上说："白话有什么难处！譬如《诗经》上说：'麟之趾，振振公子。于嗟麟兮！'改为：'麟的趾，振振公子，于嗟麟呵！'就得了。"

(附记)

胡适之先生曾译"麟之趾"为白话，如下：

"这些公子爷们呵，

　总算麟的一条腿呵——

　可怜的麟呵！"

疑古玄同说："凡爱摄影者必是低能儿。"（见《半农谈影》）

八年前，鲁迅在绍兴馆抄写《六朝墓志》，我问他目的安在，他说："这等于吃鸦片而已。"（见《半农谈影》）

汪静之在上海街上逛着，一个皮夹被扒手扒去了。皮夹里有两张当票，一封周作人先生的来信。过了几天，他接着一封信，是一个不具名的人寄来的，里面封着当票和周作人先生的来信。

"没有老婆的时候母亲好,有了老婆,老婆好了。"一个老母亲很不平地这样说。

S和L在一处谈话,后来M女士来了。S说:"男子是文明的创造者。"L也附和地说:"女子在文化史上位置是很低的。"于是M女士愤愤地说:"男子是文明的创造者,一切的男子却全是女子生的!"

在北京,我同曙天、沅业、仲民去骑驴。阜城门外的驴子很少。一个老年的驴夫拉了一条驴来了,然而是跛足的。我问:"驴子都哪里去了呢?"老年人抬起朦胧的眼,说:"你老还不知道,不是反过了吗?驴子都给反掉了。"(注,那时正在国奉南口之战后。)

凡在上海"图画时报"上登照相的女生,全是某校的"高材生"。

几年前,党家斌有"小尼采"之名。今年相见于上海。忽然听说他已结婚了,而且爱人还是一个十七八岁的小姑娘。这真是骇人听闻的事情。

北京女学生骂男学生的口号:"讨厌!""该死的!""缺德的!"等等。上海的女学生如何,待考。

一个江苏的大教育家说:"如果平民全识字了,谁还肯来拉洋车呢?"

吴建邦博士从比国回来,道经莫斯科,到北京,他对我说:"俄国有什么好!莫斯科的街道,革命以后就没扫过。共产主义完全失败!"

"女人呀!你千万不要爱已经失恋过的男人!"

"男人呀!你千万不要娶'女作家'为妻!"

余女友某,曾作《忆江南》词,词云:

南柯梦,
夜夜到巫山。
寻遍檀郎无只影,
一轮明月到栏杆。
鸡报夜将阑。

在家凤、佩兰的宴席上,刘廷芳博士见余至,即挥笔书云:"呜呼!君不见衣萍《桃色的衣裳》,产出多少歇士德利亚!"

陈旭与余于某年夏日在南京游玄武湖,时荷花盛开,忽然大雨骤至,曾得句云:"风吹绿叶千层翠,雨打荷花万颗珠。"

陈独秀做文章时,有奇癖,常用手摸着脱下袜子的赤足,然后放到鼻孔上闻其臭味,这样,文章便滔滔而来了。(几年前在钟鼓寺胡适之先生家闻章洛声说。)

一个男训育委员问学校里的一个女学生:"你脸孔这样黄,你结婚了吗?"

我总忘不了我的病,于是我的病更缠绵着了。Anton Tchekhov曾记过这样一个人的事情:

"Z到医生那里去,医生检查他,发现他有心脏病,Z猝然改变生活态度,吃药,老是说着他的病;全镇都知道他有心脏病,他所请来的医生们也说他有心脏病。他不结婚,不去看戏,不喝酒,走路的时候也走得非常慢,几乎连呼吸都害怕了。十一年后他去莫斯科,他在那儿访着了一位心脏病专家。这位专家发现他的心脏一点也不坏,很健全的。Z快乐极了,但他已不能返到常态的生活了,因为他过惯了早睡、迟醒的生活,如果有人不说他有病他就恼了。惟一的结果就是他从此痛恨医生——除此外没有别的。"

从严州至屯溪,舟行徽河,河身曲折,古滩甚多,地理家程铁槐曾为口诵一白话诗:"一滩又一湾,一湾又一滩,滩滩都在湾中间。"又,古人曾有诗咏斯河:"上岸有山皆临水,下滩无石不横舟。"

到银行去取钱时,本来这钱是自己存的,也要看银行小鬼的脸孔,好像受他布施似的。

一个有名的经济学家说:"如果中国共产了,把全国的银钱大家均分,每人只分得两元。你想,怎样够花呢?"

"处世的最好法子,是:瞧不起人。"L先生说。

一个教授爱上一个女士,这个女士不肯嫁他。于是,这个教授带了手枪,跑到这个女士的家里去,就地打滚,嚷着自杀。后来,这个女士终于嫁给教授了。

"回到北京呀,就是吃窝窝头也情愿的。"

"中国的女学生跳而不舞;梅兰芳舞而不跳。"几年前,刘廷芳博士对我这样说。

在梦中,我看见小方,还有一个女朋友。我说:"小方,我病得这么久了,你也不来看看我!"她说:"你看,我的眼睛哭得这么红,你也不来看看我!"

女人的微笑,会改变人们的人生观的。但革命家的鲜血,不过改变了世界上的旗帜和符号。

"上海法租界有粪头名朱德春者，业此几十年，积资达三十余万。"

沈先生到某教会中学去讲演，题目是《青年的烦闷》。讲演词分三段：（1）青年为什么要烦闷？（2）烦闷的种类。（3）怎样解决烦闷。洋洋数千言，发挥尽致。讲毕，学生们来告诉沈先生，他们并没有烦闷。于是，沈先生很生气，他觉得教会教育失败了，因为学生不懂烦闷。

某诗人想写情书给颇负盛名的"文坛前辈"的某女士，写了一年多了，这封情书还没有寄出去。

东京的中国女生宿舍里的四川女生气愤愤地说："我再也不能住在这样小鬼头的日本了！就是我们四川一省，也比这小鬼头的日本大得多！"

一个俄国人曾批评徐志摩的文章，给了他一个绝妙的评语："有点糊涂，不大清楚。"——真对，徐志摩的文章，的确是"浓得化不开！"（看《新月》第一卷十期）

阳历新年，各机关张灯结彩，一个江湾路上的汽车夫，气愤愤地说："外国人过年，中国人都出力帮忙，中国人过年（按，指阴历年），外国人一点也不肯帮忙。

你瞧，外国人多坏！"

一个教育家，怕自己的女儿同旁人恋爱。每天他的女儿坐包车到学校去，晚上仍旧坐包车回来。这个教育家每天晚上把包车夫叫到房里去，悄悄地打听自己的女儿半路上有没有同男人说过话。

"娶女人最好应该两年一换。"一个小文豪如是说。

C和W去逛俄国妓女。W是不懂英语的，为了要赞美这俄国妓女，在未去以前请C教了他两点钟英语。W要C把"你的眼睛多么好看啦！""你的手多么白啦！""你的身体多么胖啦！"等等译成英语教他。

"上海一埠之中医，为数约二千人，药肆三百家，平均每日药方，约一万张。严冬盛暑，犹不止此数。即以胡庆余堂一家而论，日亦五百张左右。若言西医，登记者仅四百三十余人。统计上海，有药房二十五处。每一药房，每天以药方二十张计，每天只四百张。"

周作人先生说："就是中医医得好病，我也绝对不请教中医。"

一个小学的女教员同一个男小学教员恋爱了八年，什么都预备完全，只剩下 Kiss 了。（有的说，早已 Kiss

过哪!)忽然这时节,这女教员收到男教员家里来了一封信,是一个乡下女子写的,说:"你什么东西不好要,为啥只要我的丈夫哪?"

一个大学教授,他每月薪水有二百余元。他却告诉他的妻,每月薪水只有一百元。于是,他按月把一百元完全交给他的妻,然后,他从他的妻那里按月领二十元零用。

茅盾未出国时,寓于上海某处之三楼,与鲁迅所居之三楼相对。时茅盾正草《动摇》《追求》等小说,常深夜失眠,遥望鲁迅之居,仍灯光辉煌,于是喟然叹曰:"亦有失眠似鲁迅,不独失眠是茅盾!"

编《古庙集》,在《晨报副刊》中,重见"桂珍"所作一诗,此与他年考据有关,录之于下:

我愿不相思,
还我孩提心。
心如雪儿洁,
整夜在甜睡。

有愿不相思,
飒然落大海。
心肝化为水,

魂魄飞上天!

一个医院的院长说:"住院同住旅馆一样。住一天,要一天的钱。"

苏曼殊的小说殊不佳,其诗与小品文,诚足以表现其孤零之身世,与凄凉之境遇,然琐琐碎碎,亦不足以称大家。然晚近景仰之者实多。前闻北大某女士曾高悬曼殊像以示崇拜。一日,余问周作人先生,曼殊所以受世人意外之崇拜者,其故安在。作人先生曰:"曼殊之所以受人崇拜,或不以其作品,而以其品格。盖晚近清高之人太少,卑污之人太多,此曼殊之所以受多数人士所景仰欤?"

疑古玄同先生善言辞,有"话匣"之名。出口滔滔,俱成好文,且学问渊博,当时罕匹。然终日仆仆道途,著作不多。胡圣人评之曰:"疑古玄同议论多而成功少。"黎锦熙先生评之曰:"玄同之所以做不出文章,因为心里有苦闷的象征。"

一个前清的举人,他每出门,见天上有云,便赶紧回家,穿上雨鞋,带了雨伞。一年四季,全是这样。

几年前,陈仲子从俄回,访胡圣人于钟鼓寺。圣人

曰:"子方从俄回,亦将有以教我乎?"仲子曰:"俄国之情状,一言以蔽之,曰:贫而乐。"(《新论语》之第几章)

一个虚无主义者,说是人生无趣,要自杀了。于是,某年,某月,某夜,邀了几个朋友在一处聚餐,席上,这位虚无主义者说是人生无趣,今晚一定要自杀了。大家都觉得惨然。一位最年青的朋友,忍不住哭起来了。于是,这位虚无主义者说:"如今,有人为了我自杀伤心,我是决不自杀了。"

本年四月初,屯溪为朱老五部所劫掠,数里长街,悉付一炬。《民国日报》某日所载朱匪行为,大有梁山泊好汉风味,因录之:

> 朱匪原仅有百余人,嗣将张家滩、殷家团、乌石砻、卢村四地人民自卫团枪夺去,攻陷祁门、休宁后,释放囚犯,多附从于匪。遂使匪数骤增至三百余人。匪用红绸或红布,围裹腰间或斜背肩胁间,状如军队中之值星带,用作记号,上书"有钱都归我,穷人随我来"两语,类似标榜其豪侠主义者。所动现款甚多,因携带累赘,特定以百元易金一两标准,召人兑换。但殷实多金者,大半早已逃

走，故结果现洋仍无法变为金叶也。匪树大红旗，上书"天下第一军"字样。所到之地，张贴布告，原文云："住草屋者是吾民，住瓦屋者是吾仇，不能混的随我来！"……

陈旭于某年游钟山，襟带野花一枝，至绝顶而随风飘去，乃得句云："来此绝尘尔自去，无复踪迹到人间！"

孙伏园身材矮小，甚像日本人。一天，在北京戏园内看戏，一个不相识的人同他攀谈，他不睬。于是，旁边的一个茶房说："他是日本人——日本人是很难说话的哪！"

王鲁彦本名忘我。在北京时，贫甚，想在某部谋一小位置，因某部非有大学文凭不行，于是向他处借得一文凭，其人名鲁彦。部中同人均呼王为鲁彦。后，王恒用鲁彦之笔名作文，而忘我一名，几于无人知之矣。

小说的好坏，决不能拿字数的多寡来定比例的。中国人是根本不懂得短篇小说的，他们看惯了那些乱七八糟的章回小说，于是，现在有人迎合这种恶劣心理，又做"二十万""三十万"字的小说来骄人了。其实，没有理想，没有经验，就是做了"三百万""四百万"字又有什么可取呢?真是合我们家乡的土话:"乡下姑娘的裹脚,又臭又长!"

"专讲结构、布局,决不会做出什么好小说的。"鲁迅先生说。

如果我袋中的五元钞票今天用去了,明天,我不也是无产阶级了吗?我们都是穷苦无告的无产阶级哪!

传说张作霖当第三次入关时,传集兵士们训话,说:"这次入关,谁再嘴里嚷:'妈的个吧子'就得枪毙!"

叭儿狗啦!你们只会吃,只会喝,而且只会在你们主人的面前打滚!

革命的文学家说:"阿Q的时代已经死了!"但是现在是什么时代呢?俄人伊凤阁(前北大教授)曾批评"阿Q",他说"阿Q"的缺点是有世界性的,不但中国的辛亥革命时代会有这样的人物,法国革命时代,俄国的革命时代也难免有这样的人物。——我想,就是将来中国革命黄金时代,也难免有这样的人物,"阿Q"的人性的缺点是有永久性的。

王品青年轻早死,朋辈皆惜之。品青生前曾拟刊其所作诗为一卷，名曰《萍水诗集》。然仅见目录，未曾出版。《语丝》曾载其《萍水曲》一诗，哀艳可列入《子夜歌》之林。记之于下：

> 郎作水上萍，
> 侬作池中水；
> 聚散纵随风，
> 终在池水里。

> 郎作池中水，
> 侬作水上萍；
> 池水有时涸，
> 浮萍亦无生。

十五年八月五日《申报》有北京电一条，其文曰："京察厅新例，犯接吻者，男子处四十元罚金，或四十天拘留。"

余曾三过严子陵钓台，以舟未停岸，故未往游，然从舟望岸上钓台高在山际，离水甚远，不知当日严子陵如何垂钓也。祖父生前曾告余，严子陵钓台上，有一个轿夫的一首白话诗，如下：

好个严子陵！
可惜汉光武！
子陵有高台，
光武无寸土！

汪静之与符竹英未结婚时，汪在杭州第一师范读书，符在杭州第一女师读书。汪曾一天写十一封信给符，快信，挂号信，平信全有。后来，这些信全给女子师范校长扣留了，并且请符去谈话。符很干脆的说："没有什么可谈，还我的信好了。"

"假如我是女子，我一定去当妓女的。"一个男青年这样喃喃地说。

一个五岁的小女孩问她的父亲："爹爹，我几时出嫁呢？"

陈钟凡对学生说："暨南自章铁民、汪静之提倡恋爱文学，捣乱之后，校风百年难复！"

古庙中的杨大可君是一个奇人。他常同我们出去逛。假如这一天一走出庙门，杨君就大声嚷着："洋车！洋车！"旁人说："走走吧！"杨君便嚷："呸！谁来走路？"我们知道他袋中是有钱了。他袋中没钱时，旁人要坐洋车,他说:"走走也好!走走活动血脉!"

章铁民请吴建邦去吃饭,说是自己动手燉牛肉请他。等到吴建邦去的时候,他自己正在大喝剩余的牛肉汤,而且,抬起油汤满唇的脸,对吴建邦说:"你为什么不早来,牛肉刚才吃完了!"

诗人爱罗先珂在日本时,曾著了几册童话。(鲁迅译的《桃色的云》,即爱罗先珂在日本作的。)后来,他被迫离开日本,却把那几本童话的版税全送给了一个他所心爱的日本女人,而且,这个日本女人,据说并不爱他。

William Hunter 临死时说:"假如我有纸和笔,而且有能力写了出来,我一定说:死是怎样美丽而且舒服的事情哪!"

柳翼谋先生在东南大学讲《中国文化史》,说:"唐尧之时,五日一风,十日一雨,无疑的,实在有这样事情!"

真理吗?真理是什么东西呢?George Brandes 说:"在 Novalis 看来,真理(truth)是诗和梦;在雪莱(Shelly)看来,真理就是自由。"我想,在萁茨(Keats)

看来，真理就是美（beauty）。真理吗？真理实在没有这件东西。

胡圣人曾为余友写扇，云："为学要如金字塔，要能广博要能高。"友以扇示余观之。余曰："此圣人之言也。若余凡人则不能。不如云：为学须如绣花针，针头虽小能杀人。"（《新论语》之又一篇。）

铁民与余同住斗鸡坑时，实在穷得不亦乐乎！某日，为铁民生辰，余作一诗，以写当时情状：

炉中火冷，
囊中钱空，
今朝是铁民生辰。
起来，
买一个馒头，
当作蟠桃，
祝铁民长寿。

还私语：
愿讨债的人儿，
今朝不要来！

余在南京读书时，常持书一卷，在街头阅之。彼时余年方十八，胡子却已如蔓草丛生，故时请匠人剃去。陈旭曾作打油诗嘲余：

> 街头看书假名士，
> 剃了胡子充少年。

S听说私生子全是很聪明的，因此，他对他的妻说：他一定得去夹个姘头。

三年前，在北京时，一天，一个北新书局的小伙计问我："现在不是很久很久不下雨了吗？为什么周作人先生的斋还叫'苦雨斋'呢？"

C先生常常对人很神气地说："我的老婆真可怕哪！我告诉她：'我的脸上长了一个小疮了。'她便说：'还好，还没长疔疮呢。'我告诉她：'我今天在外面摔了一跤。'她便说：'还好，还没有摔死呢！'"

鲁迅先生的母亲，周老太太，喜读章回小说，旧小说几于无书不读，新小说则喜李涵秋的《广陵潮》，杂志则喜欢《红玫瑰》。一天，周老太太同鲁迅先生说："人家都说你的《呐喊》做的好，你拿来我看看如何？"及看毕，说："我看也没有什么好！"（孙伏园说。）

李守常未被捕以前，我的一个朋友叶君去看他，谈起胡适之先生,时适之先生正拟由英赴美。守常说:"我想写信给适之,叫他还是从西伯利亚回来了罢,不要再到美国去了。因为到了美国,他的主张也许又变了。"守常说这话,因为他正在《晨报副刊》看见适之先生和志摩的通信,有恭维俄国的话。但说这话不到几天守常就被捕了,后来处了绞刑。前年我到上海,偕小峰访适之先生于极思非尔路。我把守常的话告他,并且问他游欧美以后的见解。胡先生说:"我觉得还是美国有希望。俄国有许多地方全是学美国的。如(1)工厂式的管理法。(2)广告式的宣传。(3)买卖人的训练……"

不记得是欧洲哪一个批评家说的话了,好像是说:莫泊三的作品,不过是些"事实与事实"(facts and facts)而已,巴尔扎克的作品却能"深入人生"(deepen life)。

中国文豪们的世界文学知识都是从欧美、日本的几种杂志报纸得来的,他们只懂得些人的名字和书的大纲(outline)。

政客军阀失了势便要出国,文豪诗人挨了骂也要出国。然而文豪诗人终于不能出国,原因是没有钱。呜呼!可怜的中国的文豪与诗人。

郑秉壁将废名的一篇《浪子笔记》译成德文，登在德国杂志上。仲民写信问我：废名是什么人？我虽然知道，但是不好说。因为废名就是废名，他自己已经废了名，旁人又何必"蛇足"。

Karl Marx 说："宗教是人们的鸦片。"

中国青年思想，以五四运动前后变动得最厉害。那时的青年，大家嚷着反对家庭，反对宗教，反对旧道德、旧习惯，打破一切的旧制度。我在南京暑期学校读书，曾看见一个青年，把自己的名字取消了，唤做"他你我"。后来到北京，在北大第一院门口碰见一个朋友偕了一个剪发女青年，我问她："你贵姓？"她瞪着眼看了我一会，嚷着说："我是没有姓的！"还有写信否认自己的父亲的，说，"从某月某日起，我不认你是父亲了，大家都是朋友，是平等的。"铁民也是否认过自己父亲的一个人。但是当一九二一那年，铁民的父亲在家乡死了，他在北京，因父死未葬，家人促其归，而铁民竟因贫未能归，作《孤儿思归引》，情调甚惨，记之于下：

　　嗟嗟远游子，
　　父死未能归！

阿母哭灵前，
生妻啼空帷。
弱弟无人教，
长日傍柴扉。
更有幸灾人，
旁观道是非。
吾父善作诗，
人称七步才。
吾父擅风雅，
园花皆手栽。
吾父好读书，
累累委尘埃。
吾父爱大儿，
阿侬终未回！
忆父病重日，
思儿心转急。
三日一长函，
一日三叹息。
此叹最伤心，
此意有谁识？
自知病已危，
不克保朝夕。
勉强作欢颜，
惟恐家人泣。

血衰手已颤,
犹效健时笔。
嘱儿"且勿还,
吾病痓有日。
病死亦常事,
愿儿勤努力!"
此书在中途,
吾父已长辞,
吾当父死时,
身上无完衣。
踯躅风尘道,
腹中长苦饥。

……

呜呼哀哉!

……

父在日,
我远离;
父病苦,
儿不归!
生不能养,
死不及诀,
孤儿泪,
何时歇!

一个老太太，住在二层楼，她的女儿，住在三层楼。这位老太太是反对开窗的，因为开窗怕要伤风。可是终于伤风了，于是抱怨她的女儿，说是，因为她的女儿住在三层楼整天开窗，所以她伤风了，因为风是会转弯的，可以从三层楼转到二层楼。

据书店老板说，奉天、洛阳、开封、山东等处，新书销得最多，沪、杭等处却不行。——最贫穷最受压迫的地方的人们是最肯读书的。

前几年，周作人先生征求猥亵的歌谣，我曾写了一首通行绩溪十三都的歌谣给他。这首歌谣实在有点猥亵！

挑野菜，
赶野鸭。
尔困倒，
俺来插。（"插"读如"擦"。）

据说，有些留学生到日本去，只是关起房门来炖牛肉吃的。中国之大，何处不可吃牛肉，又何必到日本去呢？

一个女朋友问我,我在《情书一束》里写得那样猥亵,为什么不害羞。我说:"我觉得没什么事情可以害羞的,因为我是一个文人。"(I am ashamed of nothing—I am a writer; it is my profession to be ashamed of nothing but to be ashamed.)想起 George Moore 在他的《一个青年人的忏悔》里也有同样的话,所以便记了下来。

L 先生说:"辛亥革命那年,南方组织北伐军,于是有许多女同胞去从戎,组织女子北伐军。后来,到前敌去,听见大炮一响,这些女同胞都躺在地下,吓得不敢起来了,于是,只得让男同胞背了回来。"

春天到了,兵们又要打仗了,等到他们的战马的足迹已干的时候,农人将提了锄头来把这些足迹锄平,而且,撒下他们的种子。——可怜的中国呵,你是有光荣的,因为有这许多勤劳而且忍耐的农人。

几年前,钱玄同先生(不是疑古玄同先生,那时疑古玄同先生还不曾出世!)曾对朋友们说:"四十岁以上的人都应该枪毙!"胡适之先生说:"好,等你到了四十岁,我将送你一首诗,叫做手枪!"前年是钱玄同先生四十大典，北京"语丝"同人曾拟出特刊，后以时局关系，"语丝"南迁，致未果行。胡先生曾作亡友钱玄同先生成仁周年纪念歌，录之于下：

> 该死的钱玄同，
> 怎会至今未死！
> 一生专杀古人，
> 去年轮着自己。
> 可惜刀子不快，
> 又嫌投水可耻，
> 这样那样迟疑，
> 过了九月十二。
> 可惜我不在场，
> 不曾来监斩你。
>
> 今年忽然来信，
> 要做"成仁纪念"，
> 这个倒也不难，
> 请先读《封神传》。
> 回家先挖一坑，
> 好好睡在里面，
> 用草盖在身上，

脚前点灯一盏。

草上再撒把米,

瞒得阎王鬼判,

瞒得四方学者,

哀悼成仁大典。

年年九月十二,

到处念经拜忏,

度你早早升天,

免在地狱捣乱。

Bernard Bosanquet 说:"我们的世界,存在于我们心的媒介中,很像一所房子,用意象和感受的材料造成的。"(The world, then for each of us, exists in the medium of our mind, it is a sort of building, for which the materials are our ideals and perceptions.)

接到刘半农先生来信,说"许久不做文章,快成没字碑了。"想到许多朋友多为生活的艰难而投下笔,实在是令人叹息的事情。然而创造社还咬着说,语丝社的人全是小资产阶级,有闲阶级,这种冤枉只有天知道罢了。半农先生的《扬鞭集》中我最爱有一首诗,这首诗的题目也忘记了(《扬鞭集》又不在手头),但记得这首诗中每一节的末尾一句全是"教我如何不想她?"这当然是首情诗了。然而半农先生说:"生平不曾有过情史。这个她究竟是谁呢?是人呢?是神呢?也许人人心中都是有这样的——ness 吧。"

是 Arthur Symons 罢,说王尔德(Oscar Wide)有诗人的倾向,但是不能算是一个诗人;有艺术家的倾向,但是不能算是一个艺术家;有圣者(sage)的倾向,但是不能算是一个圣者。然而可怜,我们却连这些倾向的人也没有。

某年,蒋夫子访胡圣人于钟鼓寺。时北京政客官僚正想伸足教育界,而教育界正在索薪,于是蒋夫子曰:"北京的教育界是一个处女,有的人想强奸她,有的人想和奸她。"圣人笑曰:"不然,北京的教育界是妓女,有钱就好说话,无钱免开尊口。"(《新论语》之又一章)

曼殊斐儿在她的一九一五年正月一日的日记上说:"我今年有两种希望:写些文章,赚点钱。"(For this year I have two wishes: to write, to make money.) 我从前看见徐诗哲介绍曼殊斐儿的文章,以为她是一个不食烟火的仙人了,如今,看了她的日记,总明了她是一个有真心的老实人。

柏烈伟(S. H. Polevoy)先生来信,说:"北京现在除了周作人先生之外,几乎找不到一个理想家或文学家。"想到周作人先生,我的衰弱的病的心中也充满了喜悦了。苦雨斋主人是我的师友中最可敬爱的人。戈尔特堡(Isaac Goldbery)批评蔼理斯(Havelock Ellis)说:"他里面有一个叛徒与隐士。"这句话实在可以拿来移赠周作人先生,虽然我们的周先生一定很谦逊地不承认。在中国,精研外国文学的渊博如周先生的是没有的,而且,也可以说,很少人如周先生的勤于执笔。他的小品散文可说是受了 Charles Lamb, George Gissing 一流人的影响的,就是他的诗也一点不带中国旧诗词的传统气。《小河》一诗到如今还可以说新诗中的绝作。我说,周作人先生是一个"叛徒",这因为周先生有爱打架的脾气——新学者的拥护溥仪,新文人的侮辱女性,艺术家的"闹恋爱",甚至于街头巷口的"狂"什么文豪的胡闹，这，于苦雨斋主人有什么关系呢？然而我们的周先生却不惜拿起笔来同他们斗，真是有爱打架的脾气。据说马裕藻先生也曾这样批评他。——然而，创造社的冯乃超却说他是"学托尔斯泰的卑污的说教"。真是"欲加之罪，何患无辞"呢。

窗下随笔

余幼时,闻祖父言关于江慎修、戴东原传说甚多,当时曾随笔记录,成一小册,今已不知散失何处。江、戴二公为吾徽近代大儒,流风遗迹,尚多印于故乡父老心中。今仅记二公相见传说一则,亦祖父所口述者,盖近于神话矣。

戴东原从休宁去婺源见江慎修。

戴当时年轻,自恃才高,颇有看不起江慎修的意思。

戴走近江之故乡约里许,忽见一士,迎面而来,说:"来者莫非休宁戴东原先生?"

戴大惊,问:"我是戴东原,你怎样知道?"

来人说:"我乃江慎修先生门人是也。吾师前日告我,今日此时,有休宁戴东原先生来此相访,命我远道来接,所以知道……"

于是,戴喟然叹曰:"江慎修之学,我不如也!"满腔傲气,至此尽消。

于是,戴未见江慎修前,赶快写了一个门生帖子。

从此,戴从江问学数年。

胡适之先生的《中国哲学史大纲》上卷出版后,中卷下卷竟一搁十年,不曾出版。(中卷、下卷稿子均已写成一部分,未完全。)数年前在北京时,有一天,苦雨斋主人周作人先生曾微笑着说:"我有一个法子可以叫适之将《哲学史大纲》写成。这法子是叫适之到西山去住,然后请王怀庆(那时,王怀庆似乎正在北京以军权维持治安)派一连兵士守住他,不许他下山,不许他会客,不许他谈政治。这样一两年,《哲学史大纲》就可完全写成了。"去年我在上海,看见适之先生,问他的《哲学史大纲》写得怎样了,他说因为手边没有参考书,所以还没有写好。我将周先生说的笑话告诉他,他听了,微笑地说:"那也好,可是要让我把参考书搬了去。"

烈士邹容在日本留学时,那时是汪大燮做驻日公使。据说,有一天,邹容一些人去告诉汪大燮,说是日本的饭菜怎样不好,想吃中国火腿。汪大燮听了,信以为真,遂送了一只火腿给他们。邹容一见火腿,忽勃然大怒,从袋里摸出一把日本短刀来,用力猛刺火腿无数次,大声地说:"这火腿一定是满洲人送来的!满洲人是什么东西!我们要吃他们的什么火腿!"

江亢虎幼年时,善吃乳。请来一个乳妈,他放开嘴来一吮,乳就没有了,接连换了五六个乳妈,乳总是不够吃。于是,江的家人乃替他取了这个"亢虎"做他的名字。

一个教育总长,四十岁了,还没有儿子。娶姨太太呢?不行!因为他是个名流。然而,"不孝有三,无后为大!""无后"究竟是不行的!总长想出一个妙法,买了一个妙龄女郎,却不肯先受用,说是这个女郎没有教育,把她送到老家里去,叫母亲教了两年,然后带出来，变成正式的姨太太。

孙少侯，为筹安会六君子之一，举世唾骂。然孙后颇自悔。胡景翼在河南，孙往从之，贫困而死于开封。朋友柯君告我，少侯在沪时，时往谒陈独秀，与陈谈主义，陈颇厌之。一天，孙往谒陈，陈大怒，说："你以后再来，我将从窗里投你出去！"

胡景翼督理河南时，慷慨好客，天下之士皆归之。然门下士亦极复杂。有人往谒胡，置大衣于客厅中，及出，大衣已不翼而飞矣。

胡景翼由河南赴京，京之河南人士开会欢迎他，大家演说，恭维胡景翼。胡体甚胖，不耐久坐，就在恭维声中，昏昏焉睡去。

李彦青被杀。孙伏园之子惠迪年方八岁，问伏园曰："李彦青是什么人？"伏园答："是替曹锟洗脚的。"惠迪又问："他为什么被杀了？"伏园答："他替曹锟洗脚，所以被杀了！"

孙惠迪在孔德小学读书，他回来告诉伏园说："喜欢同男孩子玩，不喜欢同女孩子玩。"伏园问他："为什么？"他说："因为女孩子计策多。"

胡子承好佛,他在徽州任第二示范校长时,曾请一个和尚到学校里去讲演。这和尚正在讲经时,小便急了,不敢下台,就方便在裤里,讲台上全湿了。然而胡子承还以为这和尚道行很高,学生们也佩服到了不得呢。

我在中学读书时,一个教数学的教员,他从前在大学读书,遇着考试,曾打过夹带,方法很妙,听说是把代数的公式,抄在头风膏药里,贴在头上。然而,这方法,后来是失败了,为监考的人查出来,而且记了过。这教员自己是碰过钉子的,所以对于我们的考试特别厉害。有一次学期考试,在他上课时,我们全级学生头上都贴起头风膏药,于是这教员大窘,脸都红了。

川岛、小峰在北京到真光去看电影,小峰去买票。恰巧这时节,一个漂亮的女人来了,小峰忙着去看漂亮的女人,把买来的票子和找来的钱全丢掉了。

章士钊在伦敦时,曾以所做英文"农业救国论"投诸彼邦《泰晤士报》,函去既久,竟不获登。于是,章士钊大生气,写信去说:"我是中国的 ex-minister,你们为什么竟不登我的文章?"

吴淞福致饭店西人某为余言,有一天一个美国水兵坐黄包车到饭店,下车后,美人匆匆地从袋里掏出车钱给车夫。车夫拿来看了说:"先生,这角子是铜的。"美人拿回一看是一块美国金币,约合中国银元五元云。

一个五岁的小女孩,生了几天病,家里没有人理她,只有她的父亲,时时抱抱她。后来小女孩病好了,于是说:"这几天,谁待我顶好呢?爹爹待我顶好,我嫁给爹爹罢。""呵呀!你这不懂事的小女孩,爹爹怎样可做姑爷呢?"娘姨说。"你不要说,你不要说,妈妈听见会生气呢。"小女孩连忙摇手。

曙天姊姊牲笙之五岁女孩,名小桂,一天,一个人坐在小椅上叹气,旁人问她为什么叹气?她说:"我什么都好看,只有鼻子太小了。唉!"

一个大学校长,夫妇俱是受过美国高级教育的人,彼此感情极不好,只有客人来的时候,夫妇同去见客,谈天,而且显出很亲爱的样子。客人走了,他们彼此又一声不响了。这样的哑夫妇,听说已经同居了二十年了,但是没有孩子。社会上还以为他们是很有名人物,教育界的模范呢。

陈望道先生，住在闸北时，一天，寓居的左近大火，望道先生赶快跑回家中，什么也不管，忙拿了一枝自来水笔，一把牙刷，匆匆忙忙地逃出去。

熊希龄言，清乾隆为宫中汉人佣妇傻大姐所生，今热河行宫尚有所生之小屋遗迹。

南京东南大学的前面，有一座新建的图书馆，名"孟芳图书馆"，系齐燮元捐十万元建筑的，孟芳据说是齐的父亲的名字。当时，东南大学派人去募捐，齐燮元侃侃而谈地对他们说："学生读书要什么图书馆？书不在多而在精。譬如说政治吧，我平生只读两本书，一本《管子》，一本孟德斯鸠的《法意》。够了，只有两本书已够运用无穷了！学生读书何必要许多参考书？"

某次，奉直之战。离北京城四五十里远，正炮火横飞，北京城隐约可闻炮声。时周自齐正做国务总理。于是，双方都派人向他要钱。奉方的代表来了，周自齐说："快打吧，打赢了，北京城全是你们的，要多少钱就有多少钱。"直方的代表来了，周自齐也说："快打吧，打赢了，北京城全是你们的！要多少钱就有多少钱！"

张宗昌有一次在北京对兵士演说,慷慨激昂地说:"他们说带兵的要大学毕业,什么鸟大学?我老子是绿林大学毕业的!他们又说打仗要看什么军事学!什么鸟军事学!我老子全不懂得!我老子有两句打仗要紧话,兄弟大家记着:敌人来了,咱们就跑;敌人跑了,咱们赶快追上去!"

张宗昌部下以白俄兵为最善战,亦最残忍。这些白俄兵只懂得两句中国话,一句是"张宗昌",还有一句是"大鼻子",因军中称白俄兵为"大鼻子"。于是遇着军中戒严,这里喊:"口令!"白俄兵便答:"张……宗……昌……大……鼻……子!"

浦口之战,白俄兵被俘不少。党军以白俄兵罪大恶极,乃用绳将白俄兵鱼贯而缚之,驱往杀场。昂首待枪毙,一无惧色。及党军提刀杀头,乃跪下叩头如捣蒜。

有一次,天津的一个大学请张作霖讲演,张说:"他们喊我张胡子,这是冤枉的!我小时候曾被胡子绑去,但我并不曾做过胡子。他们又说我有许多姨太太,这都是那些臭官僚政客送给我的。不收又不好意思。"

褚玉璞为保定河北大学校长,第一大到校,对学生们说:"做学生只管读书好了,管什么政治,谈什么恋爱!共产还可以,共妻万万不行!你们好好读书便好,不好咱要拿来重办!枪毙!……学校解散!"

褚玉璞有一个姨太太,是剪发的,后来跟了旁人逃走了,于是,褚玉璞气极了,下令禁止女子剪发。

"马克思的书是应该禁止的,但马尔克司的书却不必禁止。"北京的某警察总监曾这样说。

吴建邦在南京,病得快要死了。他住在楼上,他的父亲住在楼下。他的父亲从来不肯上楼看他,却从楼下天天写字条给吴建邦,要钱,要钱,要钱。后来,吴建邦病好了,铁民在南京看见他,吴建邦慨然地说:"想不到我的父亲竟这样坏!"于是,铁民也慨然地说:"天下的父亲都是一样坏的!"

一个自命为马克思信徒的青年,他天天到我这里来,把脚上穿的破袜悄悄地脱在我的房里,把我的新袜悄悄地穿走了。

夏丏尊先生,是个很有趣味的人。他做了很多年的教员,讨厌极了,曾做了这样一副对子:

命苦不如趁早死,

家贫无奈做先生。

又,他住在白马湖时,门上贴了他自己做的对子:

青山绕湖,
白眼看人。

民国十四年孙中山先生到北京之前一日,钱玄同先生到沙滩北京大学旁的一小饭馆里去吃晚饭,饭店里的一个伙计对他说:"先生,明天北京城要不得了,你知道吗?"玄同先生觉得很奇怪,便问他:"为什么?"这个伙计悄悄地说:"听说孙文明天要来了!"

数年前,中华教育改进社在济南开年会,年会毕,我和陶知行、陶文汉、李寅恭、张绍南诸先生同游青岛(彼时青岛尚在日人管理之下),李先生并携其侄同行。李侄为一美慧之十三四岁小青年。至青岛后,大家参观日本设立之各学校。一天,到一个日本小学去参观,陶等先行,余及李侄落后。在小学运动场中,遇一日本小孩,频频举其小手作拳向李侄作欲击势,李侄仅微笑颔之而已。余不禁愤然,向李侄说:"这小孩不过六七岁年纪罢了,你不一定打他不过,何不举起拳头来?"李侄仍微笑颔之而已。这件小小的事情像一只铁钉钉在我的心中似的,使我到今天还悲哀着。在举拳与微笑的小孩们的姿态里,可以预测中日两国命运的前途了。

一个教育次长,到欧洲去考察教育一次。回国后,见着人便谈比利时的教育怎样,意大利的教育怎样。一天,在教育部讲演,这位教育次长侃侃而谈,说比利时的大学有几千几百个学生,意大利的小学有几万几千个学生,好像背账一般似的。于是L先生在旁边听了,笑着说:"也许比利时的大学生现在已经毕业了若干人了吧,也许意大利的小学生现在已经死掉几个了吧。"

九年前,我穷居在南京旅馆里,同北京的胡思永、章铁民,杭州的曹佩声、汪静之、胡冠英、程仰之通信做诗,三月不绝。后来这件事给胡博士知道了,写信来大骂我们,说:"你们作那些没有'底子'的诗,何不努力学英文?"我那时很生气,曾做了一首打油诗寄给胡博士,表示我的抗议,原诗如下:

> 你劝我不要做诗,
> 你说我的诗没有"底子"。
> 究竟诗是怎样的东西?

> 它要什么样的"底子"?
> 我既不要做"诗人",
> 也不喜欢学"名士",
> 我只做我所不得不做的诗,
> 因为我不能将我的感情生生地闭死!

民国前一年,胡适之先生在美国做了一首《孟夏》诗,内中有一句"榆钱亦怒茁"。当时胡先生的一个朋友看见,说榆钱是榆树的子,不是榆叶,胡先生弄错了。所以胡先生此后谈诗,主张以实际经验做"底子"。

名医陆仲安先生,曾治愈胡适之先生之心脏炎肾脏炎重病,又曾以一剂药治愈李石曾夫人之盲肠炎,西医所谓不起之疾,经陆先生治愈者极多。北京协和医院以陆先生治愈胡适之先生疾,用党参、黄芪二药甚多,乃将二药用化学试验,无甚结果,仅知二药可以使肝变软而已。

梁任公生平著作甚多,陈独秀曾讥梁氏之学为"浮光掠影"。然梁之著作精力,至足惊人。戴东原百年纪念,梁氏曾为《晨报》作论文,后驱车至帝王庙开会,谓陈容口:"我二日夜没有睡觉了。"

梁任公在东大讲学时，曾为口诵粤讴一首：

> 无情月
> 挂在奈何天！
> 月呀！
> 你照人离别，
> 为什么偏要自己团圆？

中国乡间有许多人不主张洗澡，以为洗澡是一种损伤元气的行为。（这，自然可笑得很！）上海的美国疗养院却以洗澡为唯一的治病方法，叫做"水疗"。今年秋间刘半农先生来上海，我陪他往访陆仲安先生。谈次，刘询陆仲安先生，洗澡与心脏病有无关系。陆先生说："中国古医书上都不曾提起洗澡与治病的关系。"于是刘先生笑了，说："可见中国人是自古不洗澡的。"但陆仲安先生却以为洗澡会于病人有益。

胡适之先生在美时，某岁过年，曾戏作了两首过年词，通首俱用"年"字押韵。思永曾抄以示众，今仅记得一首如下：

> 早起开门，
> 送出旧年，

迎入新年。

说:

"你来得真好!

相思已久,

自从去国,

直道今年。

更有些人,

在天那角,

欢喜今年第七年。

何须问,

到明年此日,

与谁过年?"

回头且问新年:

"怎能使新年胜旧年?"

说:

"少作些诗,

少写些信,

少说些话,

可以延年。

莫乱思维,

但专爱我,

定到明年更少年。"

多谢你:
且开了诗戒
先贺新年!

胡适之先生与江冬秀女士结婚时,时为阳历十二月除夕,皓月当空,胡曾自撰联:

三十夜大月亮,
廿七岁老新郎。

又一联:

环游四万里,
订聘十七年。

陈衡哲与任叔永结婚时,胡适之先生赠以联:

无后为大,
著述最佳。

胡适之先生在美时,曾和任叔永、陈衡哲诸先生,闲以谜语为戏。胡曾以《唐诗》"落花人独立,微雨燕双飞"打"俩"字,又"双燕归来细雨中"打"两"字,俱极妙。又,陈曾以"宛在水中央"打英文字母一,为water中之T字,亦别具心裁,极为精巧。

胡适之先生在美留学时,初学农,一天上课时,教授拿了许多种类苹果叫学生分别,但我们的胡先生,他竟分别不出。在胡先生看来,这许多苹果的颜色都是一样的。因此,他觉得自己的性情同农业不近,后来改学哲学了。民国九年秋,胡先生住在北京钟鼓寺,庭前养了几十盆菊花。思永天天拿水去浇它,浇了几天,菊花的叶子都渐渐烂掉了。一天蒋梦麟先生去看胡先生,在庭前见了这许多烂掉的菊花,就嘲笑他,说:"苹果有色辨不出,园里哪配种菊花?"后来,胡先生曾作了一首"失望"的诗,寄给蒋梦麟先生解嘲:

菊花叶上沾着点尘土,
永儿嫌它们的颜色不好,
他就用水来洒它们,
说,给它们洗一个澡!

过了几天,梦麟见了大笑,
他说:"适之家里哪配种菊花!
把菊花的叶子都烂掉了,
这难道是种花的新法?"

我也有点难为情,
便问:"这是谁干的事?
怎么把水淋菊花,
叫叶子烂成这个样子!"

永儿有点不服气,
他说:"菊花不是能'傲霜'吗?
怎样连几滴水都经不起?
这不是上了诗人的当吗?"

后来思永又做了一首"答四叔的失望":

我不是一个种植的专家,
不曾研究过种菊的道理。
但我用水去浇它们,
却完全是一番好意。

菊花不领我的情,
叶子渐渐地都烂掉了。
蒋博士见了笑胡博士,
我又被胡博士做诗嘲笑。
我确是有点不服气,
并也想不出这是什么道理。

>园中的菊花不怕雨来淋，
>园中的菊花怎的连几滴水都禁不起？
>
>可惜我不是一个种植的专家，
>不曾研究过种花的道理，
>但我用水去洒它们。
>却完全是一番好意。

周白棣在北京工读互助团时，一天，一个人跑到万牲园水边去自杀。走到水边，忽然想到诸葛亮的《出师表》来，于是便暗暗地背诵，背到"鞠躬尽瘁，死而后已"两句，胆子壮起来，又跑回工读互助团，不自杀了。

铁民在工读互助团时，一个冷清的秋夜，曾作了一首诗，以写那时情景：

>将西边的窗儿关起，
>吩咐西风：
>"你莫进来！
>你也许知道我是单衣薄被！"
>
>将东边的窗儿打开，

叫声月儿：

"你快进来，

我房里好添上一个人的影子。"

"如果我有钱用，我一定不赞成共产了。"一个青年这样喃喃地说。

在旧书籍中，找出了胡子承给我的父亲的一封信，记之如下：

"……令郎肄业师校，天资尚佳，惟思想甚新，有推翻旧道德之举。弟意道德无所谓新旧，有新旧者，乃道德之条件，而非道德之根本也。推彼意，此间固无能为彼师者，固不如令其转学之为得。孔子云：道不同，不相为谋，弟于教育，亦以个性为最要……"

胡子承是我们徽州的教育大家，这信，是十几年前他做第二师范校长时，斥退我的时候写的。孔二先生的"道不同，不相为谋"竟同"个性"扯为一谈，真是妙不可言！

一个诗人，在上海教书时，他的太太，从家里寄给他一封信，诗人在信封后面发现两行小字，是用铅笔写的：

哎唷!

我要请你来家草草我!

下面署了名字,是诗人家里的侍婢写的。

余在家时,曾见乡人胡平挽其同学程乐亭一联,此联作于前清光绪三十几年的时节,彼时胡平竟能用白话作联,极为难得,联语亦极沉痛,记之于下:

君多情,君最无情。看今日友朋,为谁下泪?
我欲哭,我不敢哭。怕他人父子,因此伤心。

余在京时,曾作一联,以挽三一八的牺牲者刘和珍、杨德群二女士:

卖国有功,爱国该死!
骂贼无益,杀贼为佳。

又,周作人先生当时也作了一幅挽刘、杨二女士的挽联:

死了倒也罢了,若不想到二位有老母倚闾,亲朋盼信。
活着又怎着,无非多经几番的枪声惊耳,弹雨淋头。

周建人先生一次对我和小峰说："党军初到上海时，民众很活动，工人们很出力。工人们赤手空拳，拿着草绳去缴孙军的械。并且私娼当日也大活动，曾参加民众各种活动。"

一个儿子为了要向人借钱，于是骗人说是他的父亲死了，没有钱安葬。

陶知行先生的思想，也许有人不赞成，但几乎没有人不敬服陶知行先生的人格，那样勤苦耐劳的农夫身手的人格！有一次，他笑着说："一个人发怒的时候，最好是关起房门来拍桌子，桌子一拍，怒气便没有了。"

一个青年，拿着剃子刮胡子，胡子太硬了，刮不下来。于是，把剃刀一丢，忿然地说："胡子这样硬了，没有老婆，怎么办？"

熊希龄一次在帝王庙说了一个笑话，如下：

一个人家的女儿到外国去读书，回来，什么都说外国的好。父亲是个顽固党，很讨厌她。一夜，父亲和女儿都在花园里看月。父亲说："今晚月色很好！"女儿听了，不以为然，说："今晚月色虽好，可是还没有外国的月色好！"父亲听见，生气极了，随手打了女儿一个耳刮,说:"月色哪有什么中国外国之分!"女儿挨打了,反强着说:"父亲,你的耳刮也没有外国人打的好!"

姊妹两人同到日本去留学,同爱了一个男人,这样的三角恋爱,竟没有法解决了,痛苦得很。后来,姊姊同那男人说:"我同你去跳海情死了吧,让妹妹再去爱个旁人,让妹妹去享受幸福吧。"男人说:"好的。"于是两人同到海边去跳海。姊姊先跳下去,死了。那个男人仍旧活生生地回来,而且同妹妹结了婚了。

一个妇人,她的丈夫是学界的闻人,提倡古文,反对白话,以道德家自命。可是这妇人见着人就喃喃地说:"我的丈夫真不得了!他变坏了,衣袋里全装了淫书。这不得了!我一定得离婚。哦,你赞成不赞成?……"

一个大学教授,在讲堂上气愤愤地对学生说:"我每天早上四点钟就起来。一天到晚这样忙,为了什么呢?都是为了你们咧。你们这样不用功,真正把我气死了!"

一个母亲问她的大儿子说:"你有小弟弟了,你喜欢不喜欢呢?"儿子说:"我喜欢。"母亲说:"你为什么喜欢呢?"儿子说:"我喜欢有个小弟弟,我可以欺负他。"

大学教授黄先生(这位先生,曾劝人读书要读一百年以前的书,不要读百年以内人的著作)在一年暑假期内,应了几个大学之聘。每个大学要支付校旅费五百元,黄先生名气大,况且这个年头又是复古年头,大学校正借这些古董增光。于是每校的五百元都汇去了,黄先生微笑地得了一笔大收入,躺在床上仍旧吃鸦片,哪里也不去了。

大学教授顾先生,是瞧不起西洋人的。有一天,他在图书馆看书,恰巧一个美国人来参观,由图书馆人员招待。顾先生正坐椅子上看书——线装书——看见美国人来了,胡子一摇,两腿一跃,登时坐到书桌上去了。他一手翻书,打起喉咙吟哦,双脚乱摔,等到美国人走到他的面前,他的喉咙愈吟愈响,脚愈摔愈快,把脚上的布鞋摔落下来了,接着是布袜子也摔落下来了,光着一双肉腿,而且腿的颜色是像黑炭一般的。顾先生洋洋自得,以为美国人已被他侮辱,他是胜利了。

我幼时听我的祖父口中所说关于王二疯子的事情很

多，近来都渐渐忘记了。所谓"王二疯子"者，据说是徽州人，至于是徽州的什么地方人，这个我的祖父可是没有说。王二疯子的父亲据说是个宰相，至于是哪个时代的宰相，这个连我祖父也不知道。但这有什么关系呢？关于考据的事情，横竖我们的贵同乡胡适之先生自然会考据出来的。我的祖父已经死了多年了，我恐怕他老人家口中所说的"王二疯子的故事"将从此失传（旁人口中所说的王二疯子未必和我的祖父所说的相同），趁着闲暇时光陆续把我没有忘记的几段故事写出来。

一

王二疯子的父亲是个宰相，当时的皇帝和他结为干兄弟。因此，王二疯子时常到皇宫中游玩。

一天，王二疯子趁着无人的时节，用红糖和其他食品捣成人粪形放在皇帝所坐的椅子上。

皇帝来了，瞧着椅子上的粪，怒向左右的太监们说："这是谁干的！该死！"

太监们都惶恐面无人色了，大家俯伏在地上请罪。其中有一个比较伶俐些的太监，想起王二疯子在宫中常做些淘气的事，因说："这也许是王二疯子干的！"

皇帝也恍然悟了，因为他知道旁人决不敢做出这样胡闹的事。于是说："将王二疯子喊来！"

王二疯子笑嘻嘻地来了。

"这是你干的么？"皇帝指着椅子上的粪问。"是的。"王二疯子说："我走到这里，急着要'出恭'，一时找不着厕所，只得坐在椅子上出了。想不到就是万岁爷的座位。"王二疯子说完了话，走到椅子面前，像狗一般地低下头来把椅子上的粪都吃得净尽，吃完了他又笑着说："我自己'出恭'，自己来吃！"

皇帝和太监们于是全忍不住地大笑起来。

过了两天，王二疯子真的将他的粪，弄在皇帝的椅子上面。

皇帝来了，太监们也跟着来了。太监们瞧见椅子上的粪，于是便众口一声地说："王二疯子又来捣乱了！""呵，可恶！把王二疯子喊来！"皇帝愤怒地说。

王二疯子笑嘻嘻的来了。

"疯子你这次要杀头了。这样胡闹！"皇帝带着恐吓的神气，对王二疯子说。

王二疯子忽然大哭起来了。他瞧着椅子上的粪，对皇帝说："万岁爷！这不是我干的！我自己的粪，我自己可以吃了它；不是我自己的粪，我不能吃！这一定是旁人害我的——他们要害我吃粪。"

皇帝以为疯子是不会说谎的。他想，这也许是太监们拿王二疯子来开玩笑吧。于是向着太监们说："好！你们大家把这堆粪吃了吧！"

太监们没奈何，大家分吃了王二疯子的粪。

二

王二疯子的父亲是个宰相，但他的祖父却是一个木匠。王二疯子有一个儿子，后来中了状元。王二疯子时常出去游玩，有时出去游玩的时候，用他父亲宰相的仪式，有时出去游玩的时候，用他儿子状元的仪式。

王二疯子的父亲知道了，怒骂王二疯子说："你这个疯子！你用这样阔气的仪式干么？你真不知道羞耻！"王二疯子回答他的父亲："我真不知道羞耻！我的父亲是宰相，我的儿子是状元；你的父亲是木匠，你的儿子是疯子！"

三

王二疯子的父亲死了。

许多官僚们来吊丧。王二疯子自己接待吊丧的官僚。一只脚穿了朝靴,一只脚穿了草鞋。

有人问王二疯子:"你为什么一只脚穿朝靴一只脚穿草鞋呢?"

王二疯子回答道:"我一只脚穿朝靴,是接待朝中来吊丧的宾客,一只脚穿草鞋是替我的父亲戴孝。"

四

王二疯子到街上行走,看见一家灯火辉耀,正在宴客。王二疯子想吃东西了,他疯疯癫癫地跑进去。

"你来干么?"门上的人看见王二疯子衣服穿得破烂,挡住他的驾。

"我!"王二疯子奇怪了。

"走吧!"门上的人怒着眼骂他。

王二疯子眉头一皱计上心来。

王二疯子把外面的破衣脱下来,里面显出黄袍玉带的朝服。

门上的人呆住了。

王二疯子大摇大摆走进门去，里面正在聚餐的小官僚们看见王二疯子身上金碧辉煌，都吓得怔住了，大家俯伏在地上请罪。

"请走吧，诸位客气什么。"他一面说，一面坐在椅子上大吃大嚼，狼吞虎咽地嚼了一饱。王二疯子嚼饱走了，然而小官僚们伏在地上不敢抬起头来。

五

王二疯子游西湖。看见了一只粪船，粪船上坐着一个老年人。又看见了一只官船，船上坐了太太小姐们。王二疯子走到粪船上，问那老年人："你愿意发财么？"

"发财谁不愿意。"老年人答。

"好的，愿意发财，渡我到前面去，去撞那官船。"

"那可不能，因为坐船的是杭州知府的家眷。"老年人惶恐地说。

"有什么呢？只顾去撞好了，弄出事来有我担当。"王二疯子说。

老年人果然将粪船摇到前面去了，粪船撞着官船，于是官船上的人们都震怒起来。

"是谁的船这样胡闹！"官船里出来说。

结果是王二疯子和那老年人都捉到狱里去了。

王二疯子在狱里，毫不畏惧，只慢慢地拿起"瓜子锤"来锤瓜子吃。

"瓜子锤"是金做的，于是狱吏们都怀疑起来了。

这莫非是王二疯子吧？狱吏去禀告知府。

知府惶恐了，拿出公文来一查，果然是王二疯子某日某时要至杭州来。

知府亲自到狱中去要替王二疯子打开铁链。王二疯子说："不用吧，我从小便带金链，铁链却没有带过。"知府急了，跪在王二疯子面前不肯起来。"要我解下铁链么？也容易。请你将那粪船用银子装满，送那老年人回去。"王二疯子说。

知府没法，只得用银子将粪船装满，老年人从此发财了。

苏曼殊善画，有一次，一个俗人拿了一张大纸来请他画。这纸很坏，苏曼殊当然不愿意。后来那俗人吵不过,他只得画了。他在这张大纸的东南角画一只小小的船,在西北角画一个小小的人。那俗人看了,以为有意同他开玩笑,很不愿意。苏曼殊不慌不忙地画了一条绳,一头连在小船的头上,一头牵在小人的手里。于是,便成了一幅绝妙画图了。

鲁迅先生的《阿Q正传》,商务印书馆有梁社乾的英文译本,其书面包皮,画一阿Q形状,小辫赤足,坐在那里吃旱烟。闻为德人某君手笔。有一次鲁迅先生看见,笑着说:"阿Q比这还要狡猾些,没有这样老实。"

一个诗人,在中学里教书,第一天上课时,全班一个女生没有,于是诗人很失望,感觉到人生的无聊。第二天,从别班上转来一个女生,脂粉满面,身穿西装,于是人生即刻有聊起来,诗人的脸上也充满了喜悦了。下课之后,即刻到注册课去查这女生的住处,准备做情诗送去,并且准备搬到这女生家的左近去住。哪知道,诗人于某日下午,在校中当面遇着该女生,仔细一看,原来是一个麻子。于是诗人非常生气,因为他已经失恋了。

天津南开学校为北方最守旧的学校,对于男女生交际，防范甚严。有一次，检查得一封情书，系给某女士的，全书俱用报纸上的五号字剪成。故检查者不能查出何人所寄。呜呼，是可谓"不惮烦"矣！亦学校当局之严厉政策有以致之也！

吴建邦说，在比国的时候，每逢元旦，大家唱国歌。听英、法、德各国学生唱起国歌来，都觉得慷慨激昂，令人起舞。独有中国学生唱《卿云歌》，一种不死不活的声调，实在令人叹气。

十八年九月十八日南京《民生报》记载：

> 京市自去年四月举行登记以来，截至现在止，前后登记合格党员，共计六九七二人。（包括第一二两次登记，补行登记，及中央直辖办理一部分登记四种。）其中军官最多，凡二六四一人，政界一零六一人，学界八三四人，党界七零六人，报界六四人，政训三六三人，警界八七人，兵士一一八人，教育四二三人，商三二人，医二四人，自由九七人，未明四四一人，而在本党中号称占据首席的工农两界，一得四十二人，一仅得十三人。

读明太仓沈荀蔚（豹文）著《蜀难叙略》，见有记"梦魂头"一段，似可作《镜花缘》内"伯虑国"的引

证,记之于下:

> ……九月远近哄传需梦魂头十余万,将以祭遣阴兵。梦魂头者,熟睡人面皮也。云此法起于滇黔。官面一可当十,妇人面一可当二。于是官不问文武尊卑,民无分男女老幼,皆恐失其面。或邻右稀疏者,必移就人众之所,十数家聚如一室,积薪火,持器防护,面面相观,数千里无一睡梦,人有溲便之类,离其本位者,将至,必自道其姓名。偶忘之,则群挺奋击,不及一言而死。夫妇兄弟相击死者官亦不能罪之。每夜则远近喊震,问之:或云见持刀人化猫犬而逝。或云,误击某人死。如是数月,乃已。然实未闻失面者几何人,不知是何妖术也。

严又陵用"先秦诸子"之古文译《天演论》、《群学肄言》等书,颇为近世学者所讥,然严在当时,影响实大。《天演论》、《群学肄言》诸书,即穷乡僻壤之白发学究,亦争先购读。"物竞天择"一语,几可代"子曰"、"诗云"而为学究之口头禅。余幼时在乡,曾见一老学究专书一联:

> 诠自由理,推约翰穆;
> 抒进化论,首达尔文。

约翰穆即著 *On Liberty* 之 John Stuart Mill，达尔文即 Charles Darwin。此联牵强姓名，虽极可笑，然亦可见严氏译书之深入当时学究之心。吾人设想当时严氏果用白话译书，如教士之以白话译《圣经》，则老师宿儒，或当见而却走。《圣经》假上帝之名，金钱之力，教士之吹嘘，而在当时中国，除一般"吃教"之徒生吞活剥外，智识阶级几无人过问，以历史眼光观之，我们殊不能厚责严氏也。

《新青年》诸公提倡白话文，大骂"桐城谬种"、"选学妖孽"时，当时一般遗老遗少，甚为不平，群思还骂。严又陵时在天津，对遗老们说："你们还是不要和他们相骂吧，你们一定骂他们不赢的！"

民国七八年，我在津浦京汉两路游行，据铁路人员言，火车头工人每年第一次开车时，必然放爆竹，用猪头请神，以求一年之平安。盖工人以为火车之出轨，两车相冲等，俱有鬼神驱使者然。以如是毫无科学头脑之工人，役使科学发明之利器，亦何怪危险之叠出耶？

我们知道文人做文章大都喜欢在晚上，因为晚上比较静寂的缘故。法国巴尔扎克（Balzac）就是晚上做文章的人，他曾告诉 Gaultier，说做文章的人应该半夜起来拿笔，白天不能做东西。据 Brandes 说，巴尔扎克做文章的勤苦是值得佩服的。他简直不肯睡觉，七八点钟上床，半夜又起来，咬起牙齿工作，直到天明。到清早总是疲倦得要命，眼睛睁不开。怪不得巴尔扎克的作品那样深刻，原来这些作品全是半夜里绞心血绞出来的。我们的鲁迅先生创作的时间也在晚上，他晚上简直不睡觉，早晨六七点钟到十二点钟才是鲁迅先生的睡眠时间，所以上半天要去找鲁迅先生的人一定找不着。而且，鲁迅先生创作时还有一个癖性，他不能听见什么扰嚷的声音，就是轻细的脚步声也会使他老人家丢下笔来的。

我们绩溪的乡民，几乎没有不知道胡梅林（宗宪）的，关于胡的传说颇多。胡的故里离余乡十余里，今尚有遗迹可考，如所谓"上马石"、"下马石"等，又胡之神道碑亦巍然尚存，其幼时在一山上读书，其山与胡之故里隔一衣带水。梅林为明嘉靖进士，擢御史，巡按浙江。后以平五岛大王汪直（歙人）及倭寇功，擢右佥都御史，兵部右侍郎，右都御史，太子太保，卒谥襄懋。

小说《绿野仙踪》中之"平倭"一节,诋胡梅林甚力,然梅林武功,在明代实为佼佼。徐文长曾受知于梅林,近人某著有《五岛大王》一书,余未见。

绩溪为弹丸小邑,故梅林传说竟流传二百年而不衰。余幼时屡闻父老言之,如:梅林幼时,在山上读书,一天,回家,家中正造屋,梅林对嫂嫂说:"嫂嫂,我家的大门为何开得这样狭?"嫂嫂说:"这还不够进出么?家家的大门是一样大的。"梅林说:"不行!我将来坐了八人轿就不够进出了!"又,关于梅林死的传说,说梅林有意谋反,在汪村(离梅林故乡十里)造宫殿,今遗迹尚存,为越国公(汪华)庙。梅林后来是吃鹤顶红死的。

休宁古城岩风景绝佳,上有巨石,突出岩顶,危立险绝。明金正希先生在休时,每日危立石上,足出石前五寸,以之练心,故称曰"练心石"。(《中国人名大辞典》六一三页)

金声,明休宁人,字正希。好学,工举子业,名倾一时。崇祯初进士,授庶吉士。乞面陈急务,帝即召对平台,不用,遂屡疏乞归。久之,廷臣交荐,即命召用，未赴而京师陷。福王立于南京，诏擢左佥都御史。声坚不起。南都陷，纠集义勇，分兵扼六岭，贵池吴应箕等多应之。乃遣使通表唐王，授右都御史，总督诸路军，为清所执，不屈死，谥文毅。

民国十六年，北京的南北新华街头，开了一个门，本来已请华世奎写好匾额，叫做"和平门"，后来又改名为"兴华门"。据说改名的原因，是因为，北京大城中间有个正阳门，所以元朝亡于至正。左边有个崇文门，所以明朝亡于崇祯。右边有个宣武门，所以清朝亡于宣统。"和平"二字因与蒋中正的名字有关，为免了"中正和平"的谶语，所以改了名字。

冰心女士在《语丝》第一卷三十二期发表了一首诗，题为《赴敌》，L先生读了这首诗，笑着说："冰心女士的赴敌，到底是战呢还是不战？到底是向前去呢还是不向前去？"

康有为张勋复辟失败之后，辜鸿铭在北京，对旁人说，我说两句诗，你们猜猜是谁。诗曰："荷烬已无撑雨盖，菊残犹有傲霜枝。"旁人说："不知道。"辜说："上句是指张勋的红缨帽，下句是指康有为的辫子。"

余十九岁时，因为穷得没钱读书，在东南大学当书记。那里的书记有个领袖，我们叫他做"书记头"，此公很坏。他每天要我们写一万字以上的讲义，不及一万字要扣薪。我们每月薪水十八元，每天平均得六角钱，每千字只合到六分钱，并且一个字也不许潦草。我本来想一面作工，一面读书的，但是后来整天写钢笔版，把手指都写肿了（现在，我的手指上还留一些伤疤，可做纪念），哪里还有心想去读书。我当时曾填了一首《忆江南》词，以写所恨：

> 读书梦，
> 从兹不复生！
> 镇日长陪管城君，
> 手儿破也眼儿昏，
> 一刻不敢停。

一个文豪，他的小说每千字可售十元，因为创作不了许多，于是雇了一个穷学生替他创作，每千字二元，创作成功，用文豪的名字拿到书店去卖，平均每千字净赚八元整。

一个不懂日本文的人，他翻译了许多日本书籍，成为名流了（因为他是个名流，所以总说旁人的"地位很低"），他收买旁人从日本文译来的稿子，每千字出三角钱，他拿来之后，略改几个字，卖到大书局里去，每千字可得三元至五元。他五年以来，全赖这个买卖生活，现在他已在上海滩上住起大洋房，面团团作富家翁了。

章士钊自从丢掉段执政部下之教育总长后，遁迹天津，百无聊赖。兴安福派王揖唐之流，以旧诗自遣。曾以诗稿一册，乞海藏楼主人郑孝胥评衡，孝胥为之校正多处，士钊甚心折，于卷尾自题一诗，于旧日入官时之荒谬举动，渐自忏悔。录之于下：

少小为诗文，
塾师费评量。
一语见褒抑，
数月恒难忘。
未意卅年后，
此味得再尝。
青灯似儿时，
于理真不荒。
觥觥郑夫子，
道尊先辈行。（自注：先外舅北山先生所从问诗）

偶尔相赏接，
呈诗因未遑。
前后数十首，
细意辱推详。
一字所不逸，
拜卷诚恐惶。
先生国之老，
余事为苏黄。
考诗既尔严，
考政愈莫当。
吾生浸自弃，
学行两贼戕。
近年妄入官，
盛为世谤伤。
学诗事涂饰，
制思尤不庄。
何期晚得师，
堂堂复堂堂。

中国的某"新进作家"到日本去，佐藤春夫请他游玩，一天花去八百金。后来，佐藤春夫到上海来，某"新进作家"一晚大邀中国文豪，于某饭店为佐藤春夫洗尘。客人都到了，佐藤春夫也到了，大家欢宴。散了，然而某"新进作家"还没有来。于是，饭店侍者来要钱，佐藤春夫只有自己掏腰包。因为定席的牌上明明地写着，是欢迎佐藤春夫呢。过了几天，某"新进作家"又去邀佐藤春夫，说明早陪他到南京去玩，中央要人对佐藤春夫很欢迎呢。明早佐藤春夫到沪宁车站去了，火车开了，然而某"新进作家"仍旧没有来！佐藤春夫大懊丧，连呼受骗不置。

友人曹珮声女士自南京寄书，附《卜算子》词，录之于后，亦可见珮声之最近感想也：

> 人情薄似烟，
> 亲友都难靠。
> 努力专心学种田，
> 何患无温饱？
>
> 镇日掩长扉，
> 不许闲人到。
> 赤足蓬头任自然，
> 独赏新诗好。

几个北大学生，在看一张师生合照相片。

甲指着相片中的一个穿西装的说:"这是张竞生!"

乙说:"不是!"

甲说:"明明是张竞生,为什么说不是?"

乙说:"张竞生主张不穿裤子,而此公是明明穿着裤子的。"

一个在国民大会断指的爱国青年,在未断指以前,曾问人有没有什么止痛的药水。

章士钊做教育总长,办《甲寅周刊》,反对白话,提倡旧道德时,有一天,曾和白话始祖胡适之先生同照一相。后来,章在相片上题了一首诗送给胡:

> 双双并坐,
> 各有各的心肠。
> 将来三五十年后,
> 这个相片好作文学纪念看。
> 哈哈,我写白话歪词送把你,
> 总算老章投了降。

胡也题了一首诗送给章:

> "但开风气不为师",
> 定庵此语是吾师。

同是曾开风气人,

原相敬爱毋相鄙。

一个女生到某女校去报名投考,遇着女校的职员,第一句问:"你们这里有抽水马桶没有?"第二句又问:"你们这里许不许每星期请假回家?"第三句问:"你们这里有洗澡盆没有?"

孙伏园兄是个忠厚长者,生平绝无情史。但几乎每个女性,在他的眼中,俱看出优点。某女士,年老未嫁,瘦骨如柴,但伏园很赞美她,说她笑得好。那年在清华学校开会,有一个山东女子,有神经病,每天持了名片,拜访男人,久久无应者。伏园很不平,说:"人不可以貌相,这个女子也值得一捧。"他又曾做文章捧过戏剧学校女生吴瑞燕,叫"吴瑞燕万岁!"以是,为人所笑。朋友 C 先生对于伏园有句绝妙评语:"伏园有疾,伏园好色!"

齐燮元为江苏督军时,有一天,在河海工程学校演说,说:"隋炀帝造龙舟,龙舟就是现在的轮船,轮船也是中国发明的。可惜那时的龙舟没有蒸汽机!"

李守常先生死后,朋友中有人曾想将守常的遗文集为一卷，由北新印行，后闻有旁人已从事收集，乃罢。守常先生在《新青年》所作论文（彼时李先生尚未信仰共产主义），流丽畅达，极能感动当时青年的心。《新青年》五卷三号，曾载李先生《山中即景》一诗，李先生所作诗此外竟未见有发表者，乃记之如下：

一
是自然的美，
是美的自然。
绝无人迹处，
空山响流泉。
二
云在青山外，
人在白云内。
云飞人自还，
尚有青山在。

有一天，杨骚对我说："白薇女士的名字的取义，并不是白蔷薇的意思。白者空也，薇者上山采蕨薇也。白薇女士是朋友中最刻苦创作的人。"

甘肃、陕西之大饥馑，各方面虽屡有报告，迄未得详。据电通社西安来电云：在西安所能调查之限度内，饿死者之数，去年十二月中为二万八百十四名，今年一月中，为六千九百六十四名，二月中为二万三百十七名，三月中为五万八千八百九十三名，四月中为十一万八千一百三十六名。从去年十二月起，至今年四月止五个月间，饿死者合计实达二十三万五千一百七十七名之多，其未及调查者尚不在内。杂草树皮谷壳昆虫类等，苟无毒质，无不捕取以供食粮之用，而饿殍累累，遍地皆是。甚至维持自己生命杀人而食之，强盗白昼横行，恬不为怪。比诸地狱，过无不及。

傅斯年从英国回来，一个朋友见着他，这个朋友听人说，傅在英国治弗劳特（Sigmund Freud）的"心理分析学"甚用功，因同他谈"心理分析"。谈了一会，傅忽然说："我对于《史记》却很有研究，背得很熟！"

五四运动之役，北京学生捣碎曹汝霖、章宗祥宅。有一青年当时撞进曹汝霖的卧室（一说，是曹小姐的卧室），把卧床上的锦被一撕，大呼而出，即被警察捉去了。此公即江绍原先生是也（此故事亦闻之于孙老头儿）。

民国十三年冬天，汪精卫代表孙中山先生，在京、津接洽事件，凡国民党当时与段祺瑞晤面接洽各事，概由汪精卫任之。及段为执政，一日，汪往吉兆胡同与段晤谈，谈了半天，段问左右说："这位谈话的是谁？"

吾国革命文学家有以梁山泊好汉杀人放火为"革命"行为，又有赞美各地土匪之奸淫烧杀行为为代表时代的"反抗"精神者。偶在一种小报上看见记载"鲁匪"之消息一则，似不可不录出以供革命文学家之参考：

> 张宗昌陷烟台时，鲁匪蜂起，即墨陷于匪者累月。匪掳得妇女，奸之未足，则取为乐。驱肥豕一，以术使坚其阳，纳入妇女之阴，然后取器，输气入豕腹，渐渐腹如七石瓢，而阳物亦随之以膨胀。豕则狂喘，妇亦哀喘，匪乃大乐。匪奸妇女为最寻常事，奸十二三岁之幼女，亦不足为奇。余戚自豫来，曾落盗窟。云亲见匪自匪牢拣选妇女五人，男子五人，各裸其体，自为支配，成为五双，使互淫之，须尽其性，匪则饮酒恣观于旁。

> 又有一妇，携一襁褓与俱。匪恶褓儿夜啼，乃煮沸水于釜，夺儿推入，未几，肉化而死，取出，以刀分成小块，持以纳妇食。妇拼死力拒，终以不耐刑迫，卒食之。匪愤乃平。尝有二匪，争一美

妇，各以刀相见。肉搏之际，有别一匪任和事佬，二匪宁为玉碎，不为双全，各割妇一乳。妇晕厥，而匪和矣。

匪之最慈善最和平之娱乐，即驱所掠之妇，使群裸体，授以乐器，跳跃吹打，绕行四周，顾而乐时，则任拟一妇而淫之，绝不避人。

风中随笔

　　胡适之先生说,辛克莱的著作在文艺上的价值,不如得诺贝尔奖金的路易士。他说,中国人因为要找时髦的普罗文豪,所以找着辛克莱。其实,辛克莱的《屠场》、《煤油》、《波斯顿》等在一方面来说,正同中国的《官场现形记》、《老残游记》等书,有同样的意味,是暴露社会的罪恶的。

　　章铁民寄居俭德会楼上时,曾见一个美国留学生,也住在楼上。这留学生,到处向人借钱。说是在一外国通信社里,当翻译的。铁民问他薪水若干?他竖起两个指头。铁民说,每月是两百吗?他点点头。后来铁民从旁人方面打听来,他每月的薪水是二十元。俭德会的茶房曾警告铁民,叫他不要让这留学生进房,说是连袜子也要偷的。

张元长教人作文,云:"作文如打鼓,边鼓须极多,中心却也少不得几下。"(《赖古堂尺牍》卷四)

近来颇留心南社一派的文学,我以为南社的文学有许多可算是民族主义的文学(如宋教仁、柳亚子等的诗词)。在时代上说来,民族主义的文学,已发生于清末,可惜此点,现在高谈民族主义的文学的人,多不曾注意。我想选一册《南社文存》,并作长文说明。

丁裕长君问我有什么书可以带到沪杭路上去看。我说:"一本伏尔泰的《赣第德》(Valtaire:*Candide*),一本法朗士的《伊壁鸠鲁园》(H. France:*Gardens of Epicurus*)。"

胡适先生曾忠告一个书店老板,说:"青年人需要面包,你们不要把石头当做面包出卖。"

一个商务印书馆的馆员,曾说王云五的事业是"四,白,万。"(按:"四"是《四角检字法》,"百"是

《百科小丛书》，"万"是《万有文库》。）

在精神上说，纯洁的恋爱，可使人返老还童。

近来颇爱填小词，前曾填《浪淘沙》一首，前数句云："暮雨滴成愁，愁上心头。一生烦恼为风流。总是相思添病也，病也堪羞。"友人顾寿白医生云："我想送你一个图章，上面雕着四个字：一生风流。"

刘大杰君抄示《虞美人》（东京杂咏之一）词，颇缠绵可诵，原词如下："香唇薄似樱花片，泪滴芙蓉面。两眉深锁怨何人？为问阿谁对此不生情？湖光买得他乡好，醉后君前倒。醒来依旧是凄凉，举眼樽前不见美人妆。"

胡适先生的四十自述，颇为学界所传诵。刘大杰告我，胡因地位关系，文中将不写恋爱的故事，我觉这很为可惜，是文学史上一大损失。

林语堂先生的父亲，为一名牧师。林先生自言，幼时受耶教影响甚大。稍长，渐对于耶教教义加以怀疑和反抗。最初不相信是耶稣为大家赎罪等说。以为人本无罪，又何必要耶稣去赎。但对于上帝一观念，终未能打破。林先生想："假如没有上帝，人类又何必去行善呢？"

后遇刘大钧先生,刘先生说:"因为是人类,所以要行善。人类是为了人类行善,并不是为了上帝行善。"林先生闻言大悟,上帝观念,因之打破。

林语堂先生自言,他的文学思想,可说是一个"写实的理想主义者"。

杨昌溪言,四川某女师宿舍,一夜有贼入室,房内有数女生为贼所惊醒,知为贼,各缩头入被,屏息不敢作声。及贼去良久,诸女生乃徐徐从被中将头伸出,互相惊问:"贼去了没有?"时箱中衣物,情书等件或已随贼飞走,或零乱地上,诸女士乃吊起喉咙大喊:"有贼来呀!捉贼呀!捉贼!"

康有为晚年自号为"天游化人",又号"游存老人",有一个大图章,上刊云:"维新百日,出亡十四年。三周大地,游遍四洲。经三十一国,行四十万里。"此老气概,毕竟不凡。

我讨厌的不是马路上的流氓,而是,那些冒充君子的朋友。

胡适先生教我们怎样读书,他说:"读书的最好方法是克期。"按:兑期即预定一本书何时读完,便当准时读完。

在杏花春酒楼上,闻刘半农先生云,梅郎在美国得博士的消息传到中国时,曾见一小报上,绘一扫地的人,上面戴着博士帽子。

胡适先生四十生日,汤尔和赠以联:"何必与人谈政治?不如为我做文章。"

一个普罗文豪因为要参加南京路的示威,于是坐了黄包车在南京路上绕了几个圈子。

读 *The Hindu Art of Love*,其中所记接吻,种类颇多。因忆疑古玄同先生,生平不懂接吻。一日,在苦雨斋闲谈,疑古翁问:"接吻应他先加诸伊乎?抑伊加诸他乎?两口相亲,究有何快乐与意义乎?"座上有客,欣然答曰:"接吻,有女的将舌头加诸男的口中者,有长吻,有短吻,有热情的吻,有冷淡的吻。"疑古翁闻之,喟然叹曰:"接吻如此,亦可怕矣!"

"本女人心目中的丈夫,是个孙悟空,到处都会给人爱上的。"

"我不嫌你腿细,不怕你脚小,只怕你扭!"一个丈夫这样对他的妻说。

"学生满，天下反；学生猖狂，中国灭亡。"一个老头子这样说。

"女人缠脚，可以分别男女。现在满街的大脚奔走，成何体统！"一个老太婆这样说。

走到学校，看见女生宿舍门口，贴着许多标语：

一、"日本的兵士是喜欢你们的樱唇的！"

二、"今女不知亡国恨，国亡犹作钢琴声！"

三、"日本的兵队来了，你们伴他们去跳舞吧。"

四、"你们不要害怕，日本打来了，我们有美国兵舰保护！"

五、"赶快的搽粉抹脂吧，日本兵来了，你们还不表示欢迎吗？"

"你把头发剪去，穿上长袍，你总不能跑在澡堂里，和男人一块洗澡。"一个妈妈这样骂她的女儿。

林语堂先生说："文豪莫泊三，曾爱了一个女子，那个女子后来得了肺病，瘦了。于是，莫泊三又去爱了一个胖女子，把瘦的丢了。那瘦女子住在医院里，妒恨交迫，无钱医治，眼看快要死了。她告诉她的医生，这个医生是莫泊三的朋友。她说，你去叫莫泊三来看看我吧，我今晚就要死了。那医生赶快去告诉莫泊三，要他来看她。莫泊三答应晚上来。那医生回去把这消息告诉那瘦女。她快乐极了，从病床上疲乏地起来，赶快搽粉抹脂，又把一件破旧的花衣服穿上，端坐等待莫泊三。一等也不来，再等也不来，三等也不来。那瘦女子，就在可怜的期待的晚上死去了。然而莫泊三终于没有来！"

"报纸上的话全是假的，只有所登电影广告是真的，说什么电影，就演什么电影。"Mabel女士说。

万国同赠我的对联：

　　衣冠齐楚，
　　萍水相逢。

白薇女士与杨骚吵嘴，说是要把杨骚杀了。于是杨骚硬着头皮走到白薇身边去，说："你杀了也好。"白薇拿了一把剪子，把杨骚的头发剪了一些，这样，就算"割发代首"了。

北大同学张国焘（此公现在阔起来了，贵为江西苏维埃副主席）在北京时，一次，警察们来捉他，他正同一女学生同睡。

警察："这女人是谁？"

国焘:"是朋友。"

警察:"朋友也可以同床睡着吗?"随即伸起巨灵掌,给国焘一个嘴巴。

国焘:"不……不是,是夫妇,夫妇!"

警察:"刚才说是朋友,此刻又说夫妇,中国就坏在你们这些共产党身上。"接着又是一个嘴巴。

何炳贤兄的未婚妻,远在广州读书,他们俩每天写一封情书。何先生笑着对我说:"我的未婚妻是学文学的,她每天写给我的信,都写得很长。她对于风哪,月哪,树哪,都很能发生许多感想,写出许多美丽的句子。可是我却不能。我每天都很忙,只能花五分钟来写情书,所以写得很短。"

我笑着说:"你是国际贸易局长,每天抄上一些国际贸易报告表,自然情书也可以写得很长了。"

柳亚子先生见示郁达夫先生《北征杂感诗》二首,可见此老愤慨之一斑:

(一)

伤心忍见秣陵秋,

梁燕争棋局未收。

一着何人输始了,
平西耿尚不同仇。
(过南京)

　　　(二)

秋雨秋风遍地愁,
戒严声里过徐州。
黄河偷渡天将晓,
又见清流下浊流。

(过徐州济南吊十四人)

黄天鹏兄在弥罗上写着:

"艺术=爱情=战争。"

我想,日本人一定振振有词了,他们打上海,是战争,是爱情,也就是艺术。

江瀚先生每见人,第一句话是:"今天天气,哈,哈,哈。"

北平女师大有一个女生,听过汪精卫先生演讲,心慕汪先生面貌的美(汪先生的美是有名的,胡适先生第一次看见汪先生,回到钟鼓寺旧居,叹息着说:"汪精卫真是个美男子!"),把汪先生的相片,贴在床上,有同学替她介绍男朋友,便说:"那男人像不像汪精卫?那男人像不像汪精卫?"

父亲与儿子下棋。

父亲输了,

儿子赢了。

父亲把棋子一丢,棋桌一推,大骂:

"逆子!逆子!"

近来看见胖子就羡慕了,为了自己病得太瘦了的缘故。

创作家可以有许多女人们刻在他的心里,不应该有一个女人跟在他的身边!

看见杂志上许多人通信讨论许多不相干的问题,想起几年前,胡适之提倡多研究问题,少谈些主义,于是有一个不相识的青年,写信问他:"我的嫂嫂打了我一个嘴巴,这个问题你看怎样办?"

姊姊说:"陈先生的书架上这样的杂乱。"弟弟说:"不要紧,文学家的书架都是那样乱的,鲁迅的书架也是那样乱的。"其实弟弟虽然看见过鲁迅,却并未看见过鲁迅的书架。于是我说:"鲁迅的书架一年四季都是理得整齐的。"

因为我躺在床上吐血,于是学校里有人以为我兼差去了。

某文豪说某女士的剧本是不革命的。某女士说:"你怎样知道我的剧本是不革命呢?你看完了剧本的末一节没有?"某文豪说:"我不用看,我只看了这剧开始几句话,便可以断定你是不革命的了。"

顾寿白医生,尝于四马路某处宴后,在街上行走。一乞丐尾之,顾与以小洋两角,该乞丐忽然破口大骂:"两角小洋——谁要你的两角小洋!——给我两块钱也不要!——昨天我还是二十万的富翁呵!——"

在沧州饭店,见胡适之先生,我说:

"胡先生,你对于普罗文学的见解怎样?"

胡先生很简单地说:"我还没有看见什么是普罗文学!"

一九三〇年夏在莫干山,闻黄亮先生言康南海幼时甚勤学(康南海与黄先生同乡),行坐不离书卷,村人呼其为"憨为"。黄君宅中悬有康氏手书联:"大翼垂天四万里,长松拔地三千年。"可见此老孤高风格。又有手书横批一,曰:"千金买骏马之骨",上有长方图记,曰:"御赐天孝堂",旁作龙纹。据云该图记最为南海所珍,不轻使用云。

我的朋友徐仲年先生吃得很胖,身体很强健。他同他的法国太太感情很好。有一天,我问他:"老兄怎样这般康健?""诗人"华林在旁边听见了,他说:"仲年是受法国太太管理的,每天要吃一定数量的牛乳,走一定时间的路,吃一定分量的面包和牛肉,所以能这样康健。"说完,"诗人"华林又叹息地说:"别说是养人,就是养马,这样也要养肥了。"于是,此后,我们就戏呼徐先生为"马"。

许多留学生从法、德回来,一经过西伯利亚,到了哈尔滨,便马上刻起博士头衔的片子了。

陈公博先生请我喝酒,陈太太、曙天全在座,还有何炳贤兄及孙、严、郭诸君。酒酣,陈先生说:"我们外面谈革命,回到家里,见着太太,干脆不要谈革命了吧。"于是,座中有人说:"对太太,应该讲共和。多数的太太,总是讲法西斯蒂的!"何炳贤兄听见我的话,望了望陈太太和曙天的脸,他没有说话。

胡适先生在北京大学文科大楼的四楼上讲 New

Poetry 时，我同铁民，常去偷听他的讲演。有一次，时候是严冬，西风是很紧了。胡先生讲书正讲得起劲，忽然走下讲坛，快步到窗前，把两扇玻璃窗子统统关上了。我同铁民回头一望，那坐在窗前的两个女学生，脸孔都不由地红起来。

D. H. Lawrence 的著作颇使我喜欢，我尤喜欢他的 *Lady Chatterley's Lover*，可惜此书在中国不易买到，看过的人不多。书宗旨，正如他自序所说，I want men and women who able to think sex, fully, completely, honestly and cleanly。这真是一部奇书，比《金瓶梅》还奇。"从旧世界到新世界要从生殖器过渡过去的，没有受过戒的人，不能看这书。因为它是一部"受戒者的文学"(literature for the initiated) 作品。

有人问陈公博是怎样人，他说："我一半是书生，一半是马路上的瘪三。"

妻："你再爱那个女人，我用手枪把你打死。"

夫："打死也好，省得叫我去爱我不爱的女人。"

一个普罗文豪，有了一个十九岁的女爱人，很漂亮，到处对人说，我的爱人怎样懂得革命，怎样勇敢等话。后来，那普罗文豪穷得连香烟也吃不起来，于是那女人就悄悄地跑开了。从此，那普罗文豪见着人就说："女子多是小资产阶级，不懂得革命。"

我想了一副对子送给"诗人"华林：

但丁《神曲》；
屈原《离骚》。

王独清诗人在他新出版的《我在欧洲的生活》上批着两行字："新诗一卷无人问，独向夕阳哭一场。"（我在余慕陶的桌上看见。）

姚名达君有一副对子描写他自己：

三思而行；
一败涂地。

沪江大学新来了一位美国教授，校长介绍他，津津有味地说："这位教授是值得钦佩的，因为他不用学校里的钱，他的薪水是他的父亲给他的。他的学问，科学哪，哲学哪什么都好，尤其是英语，他说得特别好。"

湖北考小学教员，题目："黄河发源于何处？"

一位老先生的卷上写着："黄河之水大上来。"

一个讣文上写着:"我的父亲,生平最钦佩社会主义,尤其是社会主义的个人主义。"

一位新从德国学军事回来的留学生,在一处讲演,说:"我们不但要研究什么科学,中国这样弱,我们该发愤,码格里兮……!"

一个朋友等到他的演说完,因为"码格里兮"四字不懂,问他说的是德文,是英文,是法文。

那留学生说:"是中文,你为什么不懂?"

原来是"马革裹尸",误为"码格里兮"。

我的祖母

小　序

　　祖母逝世之信,到已半月。每忆慈容,时为感泣。乃以两日之力,写此小书,聊记个人之哀思。心乱不文,而事无苟书,意极诚重。呜呼!世之有祖母者,亦将有感于斯文!

　　　　　　　　　　绩溪章衣萍记于沪上
　　　　　　　　　　八月十五日,一九三二

祖母是一个无名农人

接着父亲的信,知道祖母于七月二十九日在绩溪病故了。一月以前接着母亲的信,叫我买些参寄回家去,祖母平常爱吃参的。所以我还料不到祖母有什么重病。不料我的人参还没有买去,祖母竟然长辞人世了!祖母今年已经七十八岁,但是她的身体是很健康的,乡下人来,总说祖母说话的声音还是很洪亮的,走起路来快而且稳,谁料到死得这样快呢?我们总以为祖母会活到八十几岁,或九十岁的。如今,我们的祖母被死神请去,我是没有再与祖母见面的机会了,除非在那飘渺虚无的梦中。最难受的，是我这十年不归家的人。父亲来信，说祖母临终时想我想得厉害。她说："叫辉孙在我死后的三七中赶回家吧。"但我现在竟不能赶回家。在最近的时间内，对于祖母，我觉得是负了重大罪过似的。我从什么地方去对祖母请罪呢？我是从三岁就跟了祖母的，祖母爱我最深，期望我也最笃。但我到现在还是个一无所成的闲人。祖母常对人说："辉孙是读书读坏了，不读书，在家中陪着我种田，倒也快活，不致常常生病。"我的病现在总算好了。但十年作客，奔走天涯，我的成就究竟在哪里呢？我所有的还只是一个空虚而苦痛的心。祖母却已经勤劳了一生，尽了她最后的责任了。祖母是一个天然的勤劳主义者，她爱种田，种菜，养鸡，养猫，养狗。她爱农夫，爱叫花子，爱疯妇，爱小工，她天然地同情被欺辱与被损害者。然而，祖母是不识字的。不识字有什么关系呢？宋儒说："我虽不识字，亦须堂堂地做一个人。"祖母是堂堂的一个人了。我愿意很忠实的将我记忆的祖母，详细写出来，但这不是短时间内可成的事。现在，我写的只是祖母的一生的经历与她的性格和嗜好。我觉得，在中国，支持中国的农村社会而不使崩溃的,不是党国要人,达官名士,风流学者,威武军人,而是像我祖母一般的无名农人。因为我的祖母,是许多无数的劳动无名农人之一。

祖母的幼年吃过人肉

祖母生在离我们北村五里的一个小村里。绩溪多山，田少人多，所以出外经商的人民很多。又因为缺少资本的缘故，所以出外经商的，大概都是些小商人。祖母的父亲，是在浙江的一个什么地方开店的。祖母八岁的那年，洪杨作乱，太平天国的军队打到徽州，绩溪也被波及了。那时曾国藩自己带了十万大军，驻扎祁门，徽州靡乱得不堪。我们说，太平天国的军队，是革命的，反对满清。但我们祖母却不如此想。她对我谈起太平天国的军队，总恨极了，骂他们是"长毛"。她说：

"那些长毛,哪里是人!他们见鸡杀鸡,见狗杀狗,见人杀人。见着小孩们,用枪刺着小孩的屁股,把小孩刺在空中,小孩哭了,就说:'笑得好!笑得好!'见着大肚子的妇人,就用刀开肚,把胎取出来。见着饭锅里有饭,就在饭锅里出一小堆大便。见着高大房屋,就用油点火,烧了。做长毛的都不是人,我们叫他们长毛鬼!"

我幼年听祖母说的长毛故事很多,将来想写一本长篇小说。我从祖母的口里,知道祖母的母亲是给长毛杀了。她亲眼看着她的母亲的头在雪地里滚,眼睛是开着的。母亲死了,她就跟着婶母,逃到深山里去。长毛是不到深山里来的。深山里漫山都是难民,缺少食物,天气又坏,下着大雪,大雪淹没了一切。许多人都在石洞里藏身。绩溪多山,山多石洞。起初,有的人家还带了一些干粮食物,后来食物没有了,大家就吃小孩。山上没有父母亲属的小孩子也不少,大概是七八岁的。那些小孩子饿了,到处乱哭乱跑。于是有人说:"小孩子,来吧,我们这里有东西给你吃。"小孩子来了,洞里的人菜刀一挥,不到片刻,小孩子只剩了一身骨头,躺在地上了。有一次,祖母的婶母分了一块小孩子的肉,放在锅里，用火炖着。半夜，祖母醒来，闻见一阵阵的肉香，实在忍不住，再也不能睡着了。她偷偷地瞧见她的婶母睡得正浓。她悄悄地起来，走到炉边，偷开锅盖。那时明星在天，寒风彻骨，祖母忍不住在锅中夹了一块人肉，放在嘴里，三嚼两咽地就吞下肚去了。

"人肉好不好吃？"我曾问过祖母，好奇地。

"有什么好不好吃，饿了什么东西都好吃的。人肉很瘦，同瘦猪肉一般。"祖母说。

可是祖母的厄运真不了，吃人肉的当儿，给她的婶母发觉了，报酬是两个嘴巴。

"她为什么打你呢？"我问。

"因为我偷人肉吃，所以要打呀！"

"她不许你吃人肉吗？"

"不，后来还吃了两块。"

就在那困难、饥饿、寒冷的受罪的几个月中，祖母的唯一的婶母也死去了，祖母于是成了孤零零的孩子。不久，长毛也走了。她的父亲从浙江回来，找着他的唯一的女儿，在断瓦颓垣中，已经瘦得只剩几根骨头了。她的父亲把她放在一个箩中，挑到余杭路上，绳于断了，篓子坠了。她的父亲说:"女儿,你大概没有命了。"

看看还有一口幽幽的气,她的父亲讨了几杯开水,给祖母喝了,于是祖母渐渐活了起来。

可怜的吃过人肉的祖母,是在浙江,她的父亲的店中长大的。

出嫁后连男连女生了十四个

祖母是十八岁嫁给我的祖父的。

曾祖父是在休宁潜阜开了一个小杂货店。他有四个儿子,我的祖父最小。祖父的三个哥哥都经商,他自己却发愤念书,在金陵考得了秀才和拔贡。

祖母说,祖父的念书是很用功的,他曾两年不下楼。我说:"两年不下楼,我一定要闷死了。"我从少便好玩。

"能用功,自然不会闷的呀!"

秀才的出路,也很小的。祖父教了几年的蒙馆,终于到休宁做生意去了。

祖母嫁给祖父的二十年中,连男连女生了十四个。

我的父亲是个大儿子,名叫善宾。我的叔叔名叫善培。还有一个小叔叔,从小死了。姑母十一个,大半从小给人家领去做媳妇了,他们的命运多不很好。

我很爱两个姑母,一个叫做菊凤,后来死了男人,痛苦得疯了,常常一个人坐在暗地里笑。我知道她的笑是哭的反应,她的疯时愈时发。她不疯的时节,待我很好。我喜欢吃糖,她每次到家来,总带糖给我吃,我很同情她。还有一个小姑母,叫做缘凤。她嫁在一个深山里的人家,她的男人做生意,却会说故事。他的《三国演义》说得最好,他说长坂坡中的张飞,大喉咙一喝,却如同半空中打了一个大雷,桥也吓断了,曹操的八十三万人马也吓跑了。我相信我那个姑父口中的《三国演义》,比纸上的《三国演义》还描写得好。

我的母亲,当我三岁的时候,生了我的妹妹,我便跟了祖母睡了,祖父从店中回家的时节,我有时同母亲睡,有时同缘凤姑母睡。缘凤姑母虽然早年出嫁,在我家的时候居多。缘凤姑母会唱歌谣,而且会说故事。我的祖父最爱讲《聊斋》上的狐狸故事,缘凤姑母也会说,而且比祖父说得好。

缘凤姑母有的是苹果色的健康的脸,她前三年也死了。菊凤姑母死得更早,死了十多年了。我的祖母还有五六个女儿都困难地活着吧,我也不大了然,因为我十多年不回家了。

祖母做媳妇的生活中,大约是很苦的,因为她的婆婆对她不很好。而且,"连男连女生了十四个"(这是我祖母的口头禅),儿女的重担也够她受罪了吧。然而我的祖母却很健康。因为她是耐得劳苦,而且心地坦白,不愿作无谓的忧虑的人。

她常说:"我的婆婆脾气很不好,动不动,一个耳光打来了。我望她笑,我说:'婆婆,有话好说,媳妇没有不听的。'她的第二个耳光打下来了,我还是笑,我说:'婆婆你打累了,吃杯茶吧。'她第三个耳光再也打不下手了。于是,什么事也没有了。"

做媳妇的时代的我的祖母,是一个无抵抗主义的可怜虫。

做婆婆"有子有孙"

在我的五岁到七八岁的时节,我们的家境最好。我的祖父因为做茶叶,大概赚了有两三万块钱。两三万块钱在今日的达官贵人大贾看来,自然是一笔很少的数目。但在我们贫困的绩溪,已经是很了不得的了。我们的房客,"小贡献太太"刘雪亚女士,曾笑我有少爷脾气。如果我有一些少爷脾气,这些脾气,是我的祖母溺爱我,养成我的。

我少时的家境很好,我曾于深黑的夜里,看见祖母把一块块的雪白的洋钱,一包包的包起来,一共有几十包，装在坛里，把坛运到后院，掘了一个大窟窿，深深地埋了。参与这些机密的，只有我和祖母。祖母曾叮咛地，叫我不要把这件事对人说。我曾看见祖母，装了洋钱也有几坛，埋了也有好几坛。

我家的全盛时代，祖父在休宁店里，每年回家两三月。我们在休宁潜阜有个和盛杂货铺，是曾祖父遗下的，那店很赚钱。我的祖父自己又做茶叶，把祁门出产的茶叶，运到上海一带去卖，赚了许多钱。后来，我祖父又开了一个药店，叫做"福盛"。我的父亲和叔父从小不曾念了很多的书，便到药店里去做事，那药店，生意也很好。我的父亲叔父每年回家也只有一两次。

我的祖父是个道学家，不苟言笑，我们小孩子看见他很害怕。当然，他是很爱我的。我五岁便跟着祖父认字，祖父写了一千个字，我居然能于三月内统统认得而且记得。可是祖父一到休宁去，我又忘了太半了。同年我进了本村的蒙馆念书。那蒙馆的先生，叫做"光维"，是个鸦片鬼。他教我们《百家姓》、《千字文》、《四言杂字》等书，我读了，十分不感觉有趣味。那先生，早上教我们背书，下午教我们背书。我在家里已经认识很多字，所以读那些书并不困难。可是背书是件麻烦的事情。先生把我们一个个叫到他的面前去，叫我们把背脊朝着他，然后念念有词的背来。偶然一句记不上来，硬而冷的红木戒方便打到脑上来了，"你这贼！"先生骂了一声，把书一丢，受罚的学生便抱着头，捡起书，回到座位上去。

我们的一群小孩，一共约二十人，从六七岁到十四五岁不等。我们的先生最喜欢打人。背书背不出来要打，脸上涂了黑墨（是写字弄上的）要打，辫子盘在头上要打，走路连跑带跳也要打。打的工具是戒方，一块方而硬且冷的红木，约三尺长，四寸方。打的种类不一。有打头的，打手的，打屁股的，视罪的轻重，而定打的种类。普通的罪，如背书背不来，脸上涂黑墨……等等，大概是打头打手。打头只是一下，头已经肿了一个大包了。打手要打十下至二十下，普通的打手，是先生青面狞牙地，一手紧紧地拿着学生的手，把手心露出来，狠狠地打。有时罪大恶极，先生要学生把手平铺在木桌上，然后动手打下去。木桌是硬的，戒方也是硬的，两面夹攻，其痛非凡，打不到两下，学生已经杀猪一般的大哭起来了。打屁股的事不多见。有一次,一个同学偷了另一个同学的一锭墨,被先生发觉了,那先生勃然大怒,把那个做贼的同学,按在地下,在屁股上狠凶地打了二三十下,打得那个同学后来走路一颠一跛地,养了十多天才好。

先生打学生,算什么大事呢?而况光维先生,我们村里唯一的教书先生,写得一笔好字,是全村景仰的。我们北村,是个一百户的小村,然而,菩萨的庙宇,却是很多,大大小小的有十几个。有一个庙,叫做"社稷庙",里面供着社公社母。庙的两面墙上,写着"风调雨顺,国泰民安"八个大字,龙蛇飞舞,十分有神。那大字,足足有一丈对方一个,听说光维先生,是用了扫地的大扫帚写的。就这八个大字,在我们很小的北村,光维先生也会千古不朽的。

光维先生给我的印象却不很好。虽然,因为我的祖母的请求,他只打过我的一次手心。光维先生是四十几岁的中年人,因为吃鸦片的缘故,脸上瘦得不堪,几乎是连皮带骨了。他每天要吐很多的痰,吐在一个有盖的瓶里。我一看见他吐痰就恶心。辛亥革命前一年,光维先生死了,我便暂时辍学。次年随了祖父去休宁的潜阜进小学去念书,那小学是新开的,我祖父是那小学的名誉校长。

我在未离开绩溪以前,我们的家境是幸福的。我三岁有了妹妹,名叫德仙,她生下来,带了残疾,一手一足都不很好。我七岁时生了二弟洪刚。后来又生了一个妹妹,是个很美丽的脸。她生下来两个月,便知道对着我笑。那妹妹,因为母亲的身体不好,给旁人家去养,不久便死了。我十分伤心,几次三番要去同那养妹妹的女人拼命。我十五岁的时候,生了我的三弟洪寅。洪寅是个很可爱的孩子,又白又胖。那时候我已经到休宁去读书了,每年暑假、寒假,会回家陪着祖母。总之这个时代,我是幸福的,祖母也是幸福的,我的家庭,也在幸福和快乐的空气中。

我家的中落

幸福像天边的虹,像海底的月,是不会长久,而且空虚的。

小资产阶级的我的父亲,忽然想发大财,听了旁人的怂恿,尤其是我的堂哥哥洪昌,到芜湖去开了一个什么裕大钱庄。

那钱店的规模并不大,只有二十万吧,我家也有几万,我也不大了然。

那是我十几岁的事情,我也不大了然。只记得父亲去芜湖开钱店开了两年多,那钱庄便倒了,而且还负了一万多的债。那钱庄怎么倒,我也不大了然。大约也不是父亲浪费的罪过,是环境逼成的。一个什么大银行在上海倒了,那钱庄的款子都被倒掉,于是立刻关门了。而且,屯溪还有父亲经手的一笔款子,约一万元,是拿和盛店去担保的。那一万元的借款,我们没有如期归还,于是便成了讼累。

对方是什么休宁的首富,有三四百万家私。法律当然是拥护富人的。于是我们失败了。判决是分期归还。于是我们几乎破产了,在休宁的田统统卖掉,和盛店的股子也抽掉。而且,那埋在后园深地的坛里的洋钱,我亲眼见我祖母同着父亲去统统掘出,而且运走了。运到哪里去了呢?我当然知道,那不是我们的东西了。

全家都充满了凄惨。父亲从前是一个胖子,渐渐成了瘦子了。母亲常常啼哭。婶婶的脸子,也有时不好看。祖父常常一个人坐着叹气。只有祖母,还是同从前一样,她慷慨地说:

"钱是不要紧的。人比钱要紧。有人自有财。"

我是同情祖母的哲学的,因为那时我还不知道"钱是好的"。

有谁能否认钱的势力呢?我的家庭,因了钱而改变了一层颜色。而且,周围的空气,也有暖和而变成冷淡了,亲戚本家,都渐渐看不起我们。

我的祖母在街上走,便有一个本家的"孤老"的女人在街上骂:

"有子,有孙,

饿得铁凝丁!

孤老,孤老,

餐餐吃得饱!"

我的祖母听了,一声不响,回家来,对我们说:

"我们的钱虽然花完了,但有二十几亩田,每年辛苦种种,吃是够了的。有子有孙,也不会饿得铁凝丁吧。"

我听了祖母的话,又羞又愤。母亲听了这话,是哭了。

祖父从讼累以后,就回家养老。的确,他是老得很快,他的发渐渐全白了。祖父身体本来魁伟,又不苟言谈,我们私下喊他叫做"钟馗",但,这时的"钟馗",的确很可怜,因为他积了一世的财,而这财,是很快地像流水一般地失去了。

祖母的爱劳动

绩溪是一片山地。我们北村,丛山环绕着。

我家的前面,紧紧对着的是七孤山,七个峰头并立着,成笔架形。后面有低山,大树丛生着。右面对面是干山,干山成一个罗汉形,前面有小峰,我们喊它是罗汉的肚子。左面远远望去是遥遥岩,奇伟峻峭。小河在村前流着,水清如镜,游鱼可数。村前有一石洞,是往来行旅必经之道。洞下有石桥跨河而立。那桥,是我的祖父募钱造的,听说花了好几年的工夫。那是我祖父对于村人及来往旅客的一点成绩。

我家的二十几亩田，一半给农夫种，我们收租，一半是自己种。

当我家的全盛时代，我的父亲，曾劝我的祖母不要种田了。他说："我们家已经不愁吃了，何必再种田呢？"祖父也如此说。但是祖母很坚决，她指着我说：

"就是我的孙子做了大官，我也要种田的。"

她又说："我不种田，我就要闷死了！"

所以祖父和父亲也没有法子，我家始终种田。

祖母的脚，是缠过了，然而，不很小，有五六寸长，可以下得田，上得山。祖母是矮小的身材，虽然生了十四个男女，仍旧很康健。她说话的声音很响。她不会发愁，不会生气，也不会流泪。我没有看见我的祖母哭过。

她在田地里的时间很多。我们那里的壁上，到处有人贴着："春耕、夏种、秋收、冬藏"。绩溪的老百姓，除了出外经商外，多数是种田的。绩溪没有什么游民。到如今，那里的老百姓还保存着"日出而作，日入而息"的古风。

我再也忘记不了伴着祖母在田中的故事。

在春天，暮春和首夏的时节，杜鹃花开遍四山了，茶绿的山上，映着鲜红的颜色，十分美丽。我们的田，就在一座矮矮的山下。山下的小道上，到处是柳树、槐树、桑树，还有一些不知名的野树。青青的草铺在狭小的田垄上。我和我的祖母常常到田中去，看黄牛耕田，督促着农夫分秧。祖母自己当然会到田中去的。我那时年纪还小，只好坐在田垄的矮树下打盹，有时竟深深的睡去了。一觉醒来，已是夕阳满山，他们牵牛回家，我便横坐在牛背上，听远远近近的农夫唱着山歌。有时一二农夫口中哼着旧剧上的老调子——

为王的，
坐江山，
风调雨顺，
国泰民安……

那时我们，大家的面上都充满喜悦。

祖母提着锄头戴着笠帽到田中去的神气，使我想起来，便异常兴奋而且感愧。

春种一粒粟，
秋收万颗子。

四海无闲田，
农夫犹饿死。

锄禾日当午，
汗滴禾下土。
谁知盘中餐，
粒粒皆辛苦？

维持中国四千年文化的，维持中国四千年社会的，不是那些达官缙绅，不是那些士大夫之类或什么杀人不眨眼的英雄，那是不论春秋在田中孜孜工作的农民。我的祖母，是那些千千万万无量数中的农民之一。她工作过了，她收获过了，她在可爱的田地之中，产生了许多养人的谷粒过了，对于人生，她已经尽了她的责任。

祖母不但喜欢种田，而且喜欢种菜，我家的后园，是种满了许多菜的。青菜哪，角豆哪，南瓜哪，我们园里出产的东西，比什么人家都丰富。

春天买一口猪，养在后院里，到了冬天，已经肥大，重约二百斤了。杀却，把四只肉腿腌起来，猪头干起来，心肝肠都煮熟，过年的时候，吃了。很多的肉给猪肉店拿去，卖掉。　年的油盐，都出支在一只猪的猪肉身上了。祖母对于养猪，也特别热心，早晚都到栏边去看它，栏里干了，便放下些稻草去。

我家也养鸡，鸡的蛋够吃了。养猫，捕鼠；养狗，看门。一只老黄狗，看门很勤，给贼插了一刀，肚肠流出了。祖母用布把肚肠包进去，敷上药，不久，那狗便豁然如常了。

而今，祖母已不在人间了。我家的猪啊，狗呀，猫呀，它们定会纪念我的祖母的，我想。

我的回忆和我的悲哀

  我将怎么写出我的悲哀呢？祖母死了半个多月了。天气这样热，我又被许多的事牵引着，不能回家临棺一哭。祖母生前曾说，死后葬在我家后面的山上（那山上有一坞，叫做"堂子坞"），祖父的坟是葬在堂子坞的，祖母若葬附近，老年伴侣的灵魂，或者不十分寂寞吧。十年之中，祖父死了，祖母也死了。家景仍旧那样衰颓。祖母死后，我家将无人种田了，祖母的锄头，也将感着凄凉吧。父亲叔父仍旧在休宁经商。煌弟彪弟还在念书。他们现在都在家中，母亲叔母也在家中。祖母！你有许多的家人在你左右守护着你。你的魂灵,还念着远方的孙儿吧。

你的孙儿,病已经好了,身体也很结实了。还有小女小萍,四个月的小孩,又肥又胖,居然牙牙学语了。祖母,你最喜欢抱我的孩子的。现在可惜你不能再抱她了。小萍大起来,也不会知道她曾祖母的尊容了。祖母,记得去年母亲来上海,你说:"叫辉孙回家吧,不然我要死了,不能再见面了。"我问母亲,母亲还说祖母的身体好,一时是没有危险的。我们都说祖母会活到八九十岁,谁料祖母会这样快的离开我们呢?母亲在日本的炮火中回了家。祖母,你看见孙儿,你最爱的孙儿没有回来,是怎样失望呢?你临终的时候,还期待着你的孙儿,叫他在三七中回家。祖母!你的慈颜,你过去的劳动,将永远存在你的孙儿的心中。而且,祖母,你不要记挂,你种的田,我们将一定不使它们荒芜。你的狗啊,猫啊,猪啊,你的菜园啊,母亲也会料理它们的。祖母,你是含笑而去的,对于人生,你已经尽了责任了。我们也一定要尽我们的责任,对这烦恼而又可爱的人生。祖母,愿你的魂灵永远保佑我们!

二十一,八,十五,早

衣萍文存选

胡适先生给我的印象

记得从前读汤玛士（Calvin Thomas）的《歌德传》，他曾说，每个学者都有他自己的但丁（Dante），自己的莎士比亚（Shakespeare），自己的歌德（Goethe）。他的《歌德传》是他自己在大学校中多年教授研究的结果。胡适先生（为行文便利起见，以后有时简称胡适，对于胡先生觉得抱歉），无论你是教授、学生、政客、官僚、商人、农民，只要你能够看白话著作的人，在中国，你总得应该知道他的大名，无论你是赞成他，反对他，或是谩骂他。每个看白话文的人，心中都有他自己的胡适。在我们的家乡绩溪，胡适的名字已经成为神话了。在那里的三岔路口，道旁亭中，有冒牌的胡适所写的对联，有冒牌的胡适所写的匾额。在上海、南京，听说也有冒牌的胡适的哥哥和弟弟。究竟胡适是怎样的人呢？这本书所讲的，是我自己所知道的胡适。

想起来，是十几年前的事了。那时我才十九岁，在南京一个中学毕业，便在东南大学当书记。那年的夏天，东南大学办了一个暑期学校，请了胡适到南京讲演。他到南京，便住在东南大学的校园内梅庵。我们没见面以前，已经通了几次信了，我那一天第一次去见他，胡先生很欢喜。他第一次给我的印象非常好。胡先生的脸，正如周作人先生一次说笑话所说，是个"聪明脸"。他的瘦削而有神的面孔，眼光非常锐利，说话时常带微笑，但议论毫不苟且。后来我才知道，胡适先生最佩服杜威（John Dewey），杜威先生说话，没有一句不是深刻地思想过的，胡先生也是一样，不说一句自己不深信的话。胡先生是实验主义者，白话文学的提倡者，所以暑期学校听讲的学生非常多。他那时讲的是"白话文法"与"中国哲学史"。那时梅光迪也在暑期学校讲"文学概论"。他在课堂上大骂胡适。记得有一次，梅光迪请了胡先骕，到课堂上讲了一点钟宋诗，胡先骕也借端把胡适大骂。但那时的学生，信仰胡适的，究竟比信仰梅光迪的人多。梅光迪的崇论宏议，似乎没有几个人去听。高语罕那时也是暑期学校的学生，就在课堂上同梅光迪吵过嘴。(参看高语罕《白话书信》)

我那时还是一个什么也不懂的中学生，暇时也挤去听胡先生的课，每次都挤得一身大汗。课堂上真是人山人海。他的讲演也正如他的散文一样，清晰而有趣味。(在中国，我只听见两个会讲演的教授，一个是胡适，一个是鲁迅。)

他每天会客的时间，花去真不少。许多教授，学生，都流连梅庵，叩门进谒。记得有一天，东南的怪杰顾铁僧教授也去看他，并且带了他的《中国文学史》去给他看，那《文学史》的头两句，就是："文学者，文学也；文学史者，科学也。"

我那时很喜欢做诗。我住在兴皋旅馆，曾和北京的胡思永（适之先生的令侄，不幸早死，著有《胡思永的诗》），杭州的静之、仰之（程憬）、冠英、珮声结社做诗。那时我们的诗,自然多受了《尝试集》的影响。我们一班人中,思永和静之都做得一些好诗,珮声天才很高,但不肯多作。那时我们做诗,实在不免滥作,有时一天做好几首。胡先生反对我们,他说:"你们做那些没有底子的诗,何不专心学英文?"

我从少高傲,不以胡先生的话为然。我写了几句打油诗来反对他:

> 你劝我不要做诗,
> 你说我的诗没有"底子"。
> 究竟诗是怎样的东西?
> 它要什么样的"底子"?
> 我既不想学什么"诗人",
> 我也不学什么"名士"。
> 我只做我自己所不得不做的诗,
> 因为我不能将我的感情生生地憋死!

胡先生究竟是一个能容忍(tolerance)的人,他居然赞成我的打油诗,说是做得很好。

有一天,一个暑期学校的学生去看他,问他生平有没有情史,《尝试集》(那时初版方出)中似乎有几首是恋爱诗。那天晚上,胡先生就写成一首《一笑》:

十几年前,
一个人对我笑了一笑。
我当时不懂得什么,
只觉得他笑得很好。

那个人后来不知怎样了,
只是他那一笑还在。
我不但忘不了他,
还觉得他越久越可爱。

我借他做了许多情诗,
我替他想出种种境地。
有的人读了伤心,
有的人读了欢喜。

欢喜也罢,伤心也罢,
其实只是那一笑。
我也许不会再见着那笑的,
但是我感谢他笑得真好。

  这首诗中的他,当然是个女生,应该是"她"。我们知道胡先生的人,都知道胡先生是一个"多情"的人。但他的感情,给他的理智压住了,不敢奔放,不会做出狂恋的诗。所以他曾对我们说:"我写情诗,到'多谢殷勤我友,能容我傲骨狂思'便够了,这是含蓄的写法。"

那首《一笑》,后来收入他的《尝试集》里。那是民国九年八月间的事情。暑期学校关门,胡先生北返了,后来遂生了很重的病,心脏炎与肾脏炎。

我于民国九年十二月间到北京,住在斗鸡坑的工读互助团里。那时工读互助团中的事业,如饭馆,英文夜校,等等全失败了。铁民靠着翻译书卖给一个朋友过日子,译的是关于音乐的书。

此外有忘我(鲁彦),何梦雄,缪伯英,钱初雅等,全没有职业。我到北京后,便去看胡先生,那时他的病已经好得多了。还是每天用大锅熬着,吃着陆仲安的补药。胡太太是个很温和的旧式女子,待我也很好。最同我意气相投的是胡思永,一个通信已久刚才见面的好朋友。(在这里说一件小孩子的故事,仰之后来替思永编遗诗,把关于我的名字的句子,全涂抹了。原因是仰之报仇。思永未死之前,我和他总骂仰之是"奸雄"。)

那时胡先生的家,住在后门内钟鼓寺十四号。那房子，据说从前是一个庙，后来改建民房的。思永住在右面的厢房内，对面是胡先生的书房，四面堆的都是重重叠叠的旧书籍和新书籍。胡先生大部分时间是埋在书堆里。

我那时和思永同替胡先生抄书，每千字的价格是二角五分。但胡先生对我们很好，每次总是多算些钱，价格是说说罢了。思永那年也没有进学校，在家自修。胡先生晚上有暇，也同我们讲《诗经》，讲《楚辞》，《胡适文存》有一篇怀疑屈原的文章，就是那时的一个晚上同我们讲的。

我们有一次，请胡先生替我们讲"文学概论"，胡先生笑着说道："我的文学概论吗？一点钟就讲完了。"但是他的"文学概论"如何，究竟没有讲，我们也不知道。

胡先生的文学嗜好，我们是知道的。他欢喜莫泊三，乞呵夫，易卜生。他有莫泊三、易卜生的英译本全集。他最欢喜乞呵夫，他曾告诉北京饭店的西书掌柜，有新出的乞呵夫英译本，赶快送到他家里来。在文学上，他是一个写实主义者，他说：中国的新文学创作，应该经过写实主义的洗礼，前途才有希望。他不很喜欢梅德林克。一次，思永曾问他："梅德林克的《青鸟》怎样？"他说："那是给小孩子看的。"

胡先生很喜欢做诗，但他自己说不是一个诗人，因为他的生活没有什么神秘。有一次我们曾拿郭沫若的《女神》给他看，他看了，说："我看不懂！"后来，我们看他的日记上写着："郭沫若有诗的天才，艺术的技巧，还不大好。"（大意如此，原文忘记了。）他却恭维过郁达夫，说他的《沉沦》是写得好，颓废也有颓废的经验。

他最喜欢鲁迅的《阿Q正传》，《阿Q正传》在《晨报》副刊上发表，他每次看了，总欢喜赞叹，说："写得真好！"有一次，他曾说："如果《阿Q正传》是用绍兴话写，那一定更有生气呀！"同时的人，他最喜欢鲁迅与周作人两先生，他常说："周氏兄弟真可爱！"

每个作家写文章都有他的脾气和习惯，例如鲁迅先生，他写文章的时候，大概多在晚间。他晚上写文章，睡得很晚，所以次日起得很迟。鲁迅先生写文章，还有一个习惯，就是环境一定要十分寂静，窗下的轻微的脚步声，有时也会使鲁迅先生搁下笔来的。我还记得一个笑话，有一晚，外面下了很大的雪，鲁迅先生在房内写文章，写得很迟了。蓦地里，听见屋檐上面，有两只猫在打架，呼声震破了肃静的黑夜。鲁迅先生恼了，投下笔，踏着雪，到外面去打猫。猫走了，鲁迅先生的气也平了，于是回到房里，关起门，仍旧写文章。次日早晨，家里人起来，看见雪地里有一条很清楚的脚印，直达房门口。家里的人都急了，以为是失了窃，晚上贼来过了。但查查房内的东西，并无失落。后来鲁迅先生醒了，这一幕喜剧也明白了。

可是胡先生写文章的习惯，却没有这样严肃。他有时一面和客人谈话，一面写文章，当然，那时节，他写的文章并不是创作。

他很喜欢抽烟，他写文章时似乎离不开香烟。常常一只手夹着香烟，一只手写字。他写文章可写得很快，一提起笔来就是上万字。他是有"历史癖与考据癖"的，所以写一篇文章得查许多参考书。他的书桌上总是堆满了中西书籍，看来很杂乱，其实，他有他自己的调理。你千万别动他的书桌，一动，他就找不着资料了，他会动气的。

那时,章洛声也住在胡先生家内,在北大出版部做事。洛声曾告诉我一个笑话。他说陈独秀先生写文章,有一个怪脾气,他欢喜把袜子脱下来,用手摸自己的肉脚,并且把摸过脚的手放在鼻子去闻,这样,文思便滔滔而来了。

有一次,我们在胡先生的书架上,找着一本英译本《共产党宣言》。我们高兴极了,便带到工读互助团里去看。那时工读互助团里的人,如忘我(鲁彦),他是一个安那其主义者①,如孟雄,是马克思信徒,后来成为共产党重要人物,被杀在上海。初雅崇拜托尔斯泰。我同铁民没有什么信仰。但我们也喜欢说说马克思、克鲁泡特金。常往来胡先生的家里的,有党家斌,他崇拜尼采(Nietzsche)。我们大家替他取了一个"超人"的绰号。胡思永虽然崇拜他的叔叔胡适,私下叫他"胡圣人",但他自己却挂上英雄主义的招牌。老实说,我们这一群浪漫少年,当时似乎并不曾受了胡先生的科学方

---

① 无政府主义者。

法的影响。

胡先生自己说，他的思想，受两个人影响最大："一个是赫胥黎，一个是杜威先生。赫胥黎教我怎样怀疑，教我不信仰一切没有充分证据的东西。杜威先生教我怎样思想，教我处处顾到当前的问题，教我把一切学说思想都看作待证的假设，教我处处顾到思想的结果。"

胡先生反对青年妄谈主义，不肯研究问题。他骂过我们："你们连《资本论》（*Das Kapital*）也没有看过，谈什么马克思？"是的，《资本论》的英译本，我们也买过，但那时我们一班小朋友，没有人看得懂。有一次，我问胡先生研究社会学该先看什么书。他说，有中译本的爱尔乌德（Ellwood）的《社会学》（《世界丛书》本）可看。在政治上，胡先生始终是一个改良主义者（他自己并没有说过改良主义，这是我们送给他的一个名称）。他主张"一点一滴"的解放与改造。但那时青年，大家都主张"革命要革得彻底"，虽然革命大旗上的招牌，各各不同。那时朱谦之先生，曾主张"革命要革得虚空破碎，大地平沉。"这总算最彻底的话了。可是虚空如何破碎？大地如何平沉？朱先生没有说，我们也不知道。朱谦之那时住在马神庙的光明学舍。有一次，他同我说："实验主义，詹姆士（Wlliam James）还可以算是对的，杜威是不对了，适之更是不对。"

我不懂哲学，也不懂朱谦之的话。但以人而论，朱谦之的确是一个好人。那时他没有遇见杨没累女士，所以见着女人还是要发抖。他很穷，几星期没有钱买油点灯，便在床上想成一部《革命哲学》。有一次，梁启超在北大公开讲演，批评胡适之《哲学史大纲》，朱谦之听了回来，告诉我，他怒极了，梁的态度很不好，他真想上讲台把他拖了下来。

胡先生也还看得起朱谦之，说他的思想虽然杂乱，人格却还很好。

我到北京之后，就住在斗鸡坑。后来，斗鸡坑愈斗愈穷了，但我们仍旧高谈主义，不事生产。胡先生骂："你们这班小名士，饿也会把你们饿死了！"思永也时常提着Stick，到斗鸡坑谈天。我们想革命，想暗杀军阀、官僚。记得有几个朋友，在北大理科听讲，便偷了一些硝酸、硫磺、棉花、铁片，想在斗鸡坑做炸弹。炸弹做成了，半夜里起来，偷偷地到中央公园假山后去放，说是声音很响,次二日去看,却不曾炸坏一块泥土。后来,那些杜撰的炸弹,也炸过一只小黄狗,它却丝毫没有受伤,逃到远处去了。那时我们的革命行动,不过如此。

铁民曾问胡先生,读书有什么方法。胡先生说,读书最要紧的是应该克期。什么叫做"克期"?克期是,一本书拿来,定多少时读完,就多少时读完。五四运动后的铁民,是一个狂人。他曾写信给他的父亲,说:"某月某日起,我不叫你父亲了,大家都是平等的。"他的父亲接着信,大气一场,说:"反了,儿子念书念到大学,连父亲也不要了!"可是后来,铁民的父亲死了,他却做了一首很悲哀的《孤儿思归引》。铁民又曾写信给蔡先生,直称元培而不称先生,胡先生知道了,把铁民叫去大骂一顿,说:"就是蔡先生的长辈写信给他,也该客气一点,不应该如此无礼!"铁民说:"这不是无礼!不写先生,一来呢,省时间;二来呢,省纸省墨!"胡先生气得没有话说。

胡先生在北大讲 New Poetry,我曾和铁民去听,教室是在北大四楼。有一次,胡先生正讲得起劲,忽然停住讲，走到教室的前面把窗儿关上。当窗而坐的是两个女学生，那时正是冰天冻地的冬天，北风很紧。我们回头一看，那两个女学生脸儿全红了。

我到北京以后的四五年，从斗鸡坑的朋友穷得散伙以后，简直以钟鼓寺为我的第二家庭。胡先生的书籍，我们可以随便取来看览，他找书找不着，总说我们拿去了，骂了一场，又去买新的。胡先生是一个最能原谅人的人，他在美国式的教育底下，训练成他的Gentlemen态度。他对他的小孩思祖，也很客气，思祖替他做事，他也说谢谢。有一次，胡先生带了思祖，到北大上课，一个学生靠着楼窗高声地大嚷：

我不要儿子，
儿子自己来了！

胡先生抬头一望，不禁微笑。

他最爱他的小女儿，他不喜吃粥，为了女儿要吃粥，有时也只得吃粥。他总说他的女儿聪明。后来，他的女儿得了肺病，死了，胡先生与胡太太相对大哭。我们只知道胡先生为了他的女儿，流过一次的热泪。我们还知道，胡先生有一个脾气，不喜欢吃甜的东西。

我们绩溪人总有一种习气,无论到什么地方,绩溪人同绩溪人在一处,总是不改乡谈。所以我们在胡先生家中,说的全是绩溪话。胡先生打起绩溪调来读诗词,是在他的有牢骚的时候。在病中,他很喜欢读《樵歌》(南宋朱希真著,有我的校点本,商务印书馆刊行),曾对我和思永说:"这是一剂药,可以医你们这些恨人的!"他又曾集《樵歌》的句子成一对:

伊是浮云侬是梦,
爱他风雪耐他寒。

胡先生很喜欢朱希真,也喜欢辛稼轩、苏东坡。(他对于词的见解,可看他的《词的起源》与《词选自序》)我们很喜欢纳兰性德,但胡先生却不喜欢他,他说:"纳兰性德还不如我们绩溪的石鹤舫,石鹤舫的词比纳兰性德还好些。"(石鹤舫,清道光时人,他著有诗词集一卷,无流行本)这是他的偏见。

那几年,胡先生的家中,接连发生了几次不幸的事。十二年四月思永死了,后几年思聪(思永的堂哥)死了,胡先生的小女儿也因肺病死去。最使我难忘记的,思永死后,有一个故事。思永死后若干天,他的房子用纸裱糊一新了,纱窗的纸也改糊过。思聪睡在思永的房内。一夜,思聪正在睡眼朦胧的时节,忽然看见思永的影子,提着 Stick,走近床前。思聪嘴里说不出话,向着影子对吹。时间花了很久,思聪急得要命,又哭不出声,正在吱吱唔唔的时节,对房的思聪的父亲,胡先生闻声起来,才把思聪喊醒。第二天,思聪起来一看,窗上新糊的纸一个个洞地破了,像是用 Stick 插破似的。思聪说是有鬼,胡先生听见,很不以为然,说:"哪里有什么鬼!窗上的洞,是猫抓破的!"

胡先生是相信范缜的《神灭论》的人,自然不相信有鬼。这件事也许是思聪的幻觉。但思聪后两三年也死了。现在我把这件可入《阅微草堂笔记》的故事写起来,也算一个纪念。

胡先生是个乐观的人,他的永远的寂寞的微笑的颜色最动我的记忆。思永、思聪死后,胡先生很悲哀。他们都很聪明,年青,死得太早了!思永留下的有一册《胡思永的遗诗》,胡思聪遗下有几张油画,挂在胡先生的客厅上。他还替我的祖父画过一张照相的木炭画,《每周评论》上登过他一篇小说。其余,没有什么。他们的聪明和才力,都随黄土消灭了。胡先生当思永死后两天,曾带了我们几个小朋友到中央公园去玩。他知道思永之病,当然为了结核症。但也有一个原因,是为了"后来他在南方,恋爱着一个女子,而那个女子不能爱他"。思永生前,曾有一次跑去问他的叔叔:"爱情究竟是什么?"胡先生想了一会儿,笑着答:"这很难说。"可是胡先生那天,在中央公园曾告诉我们一班小朋友:恋爱譬如赛跑,只有一个人可跑第一,然而即使失败,我们也还要向前跑。这是他对于青年人的教训。

为了做《中国哲学史大纲》和考证文学史上的史料,胡先生大买中国古书,在琉璃厂的旧书店,遇着有罕见的旧书,总送到胡先生家中去。胡先生说:"我多买旧书,是要看中国的古人,究竟傻得怎样!"有一次,他又在中央公园,对孙伏园发过牢骚。他说:"中国不亡,是天无理。为什么呢?八股是最无用的东西,做八股做了千年;缠足是最腐败的陋俗,缠足也缠了千年。世界上还有哪一国有这样的傻事情吗?所以中国不亡,是天无理。"

以上的印象,说得很零碎。我们到泰山去玩,有的人欣赏它的松树的清奇，有的人欣赏它的岩石的幽古，有的人欢喜踏南天门的积雪，有的人欢喜绝顶上的落日。印象各人不同，做泰山游记的文章也各人不同了。伟大的泰山，永远直立那里，不减它的崇高与雄峻。零碎的记载，对于泰山有什么关系呢？无论怎样说，胡先生总是我国学术界的泰山，我的讲话虽是一鳞一爪，也值得一看的罢。

自民国十六年以后，我忙于衣食，胡先生的家也渐渐少去了。胡先生的家从钟鼓寺迁到景山后林长民旧居之后，我只去过一次。那几年间，胡先生南北奔波，到欧美去走了一趟，为了中英文化基金会事。他出国以前，我在来今雨轩请他吃饭，到有周作人、刘半农、川岛诸先生。他来坐了一会儿，手里拿着是托尔斯泰（Leo Tolstoy）的短篇故事（英译本）。他对我们说："这几天正看托尔斯泰的故事，几乎每个故事里都有一个魔鬼。"

胡先生是从西伯利亚方面去的，在莫斯科住了几天，当时写信给志摩，很有恭维俄国的话。他的话很使一班共产党高兴。李大钊先生被捕之前，我的朋友叶君见着他,谈起胡先生。李先生说:"我想写信给适之,劝他从莫斯科回来,不要让他从美国回来。"后来胡先生从美国回到上海,我到极司非尔路四十九号去看他,并且把李大钊先生的话告诉他。他说:"俄国是学美国的。我个人还觉得美国有希望。俄国学美国的地方,如(1)工厂式的管理法。(2)广告式的宣传。(3)买卖人的训练……"胡先生是希望中国走美国的路的。

中国究竟走哪条路呢?走俄国的路也罢,走美国的路也罢,就是走意大利的路也罢,总比糊里糊涂没有路走好些,我想。

胡先生是一个实验主义者,他是看不起辩证法的唯物论的。前几年,社会科学书籍很流行,胡先生的家搬到北平以后,大前年,他一个人来到上海,住在沧州饭店,同去看他的,有我和李小峰、赵景深。谈话之间,他大骂今日中国的出版界。他说:"把 Dietzgen 的 *The Positive Outcome of Philosophy* 改个名字,叫做《辩证法的逻辑》,译得莫名其妙,便可一版再版地销行,这真是中国出版界的羞耻!狄慈根是个第三四流的学者,他的书也值得这样销行吗?青年们渐渐肯买书了,这是好事。但出版界是操青年生杀之权的。耶稣说得好,需要面包的,不要把石头给他。我希望中国出版界不要把石头当面包卖。"后来赵景深问他:"你以为做煤油的辛克莱怎样?"他说:"从艺术上看来,还是得诺贝尔奖金的辛克莱·罗意斯好些。"我又问他:"胡先生,你对于中国的普罗文学有什么意见吗?""我还没有看见中国有什么普罗文学。"他答。

胡先生是一个怎样的人呢?他是一个聪明人,一个"好人",一个"学者",一个"不朽"(Social Immortality)的有宗教的信仰的人。他也许有他的偏见与他的缺点,但是,一根大树,我应该从他的根干上去瞻仰他的伟大的。上面的印象只是一枝一叶,我的力量还不够看到他的伟大的深处呀,在他的文学与哲学方面再去观察他的思想的全体罢。

一九二七年四月三日追记

刘海粟先生

没有一个伟大的艺术家不是苦恼的。

没有一个伟大的艺术家,不同时是一个伟大的理想家,没有一个伟大的理想家,不是苦恼一生:为世界的黑暗苦恼,为人类的庸贱苦恼,为万事万物的堕落和下流苦恼。苦恼,是伟大的思想与伟大的艺术的源泉。没有苦恼,没有进化;没有苦恼,没有光荣;没有苦恼,没有圣者与艺人。苦恼神圣!

钉在十字架上的耶稣,从地狱到天堂的但丁,自沉汨罗江的屈原,杯酒消愁的李白,苦闷不堪的米格朗,他们为苦恼而生，为苦恼而死。苦恼是他们的宗教、诗歌、绘画的结晶。苦恼光荣，苦恼神圣！

近代的中国是堕落、昏庸、浅薄的中国。思想浅薄，文学浅薄，艺术浅薄。我们期待着伟大的思想家、文学家、艺术家为中国苦恼，为中国的民族与文化苦恼，从苦恼里产生伟大的思想、文学与艺术。改造中国，也就是改造世界。苦恼努力，苦恼神圣！

不幸得很，我们还没有看见中国有什么伟大的思想家与文学家出现。印度还有甘地和泰戈尔，我们却连半个甘地和泰戈尔也没有。我们的艺术家正在模仿日本，模仿欧美，我们的新兴艺术正在萌芽。

刘海粟先生是我们很熟的名家，也是我们很熟的朋友。我不懂得绘画，但我很尊敬他的苦恼的艺术的精神。二十年的苦学，数万里的壮游，三百件作品，蜚声欧洲，驰名世界。他的绘画不拘于小小的琐屑和枝叶，他崇拜"光"，崇拜"力"，他崇拜"大"与"高"。不必说刘海粟先生的绘画如何伟大，自有他的作品为他确切的证明。伟大的艺术品，不是一时可了解的，也许要数十年数百年，也许竟要数千年。刘海粟先生的绘画自有将来艺术史上的定评。他说他虽然名满天下，自己则时常伤心，他说常常夜半醒来，为人类的苦恼痛哭。我们就他一生苦恼及奋斗而言，他已经是一个艺术家而且接近伟大了。

我们不能忘记他为提倡模特儿而与顽固的社会及军阀奋斗。我们不能忘记他在中国开创美术学校，为中国教育史上开一新纪元。我们不能忘记他融合中西绘画的精神，而自成一派强而力的艺术作品。他喜欢画热烈的太阳，喜欢画狂海的怒浪，喜欢画奋斗的老牛与洁白的大雪，那都是他伟大的人格与思想的征象和表现。伟大的艺术是不断的努力与苦恼的结晶。我们希望伟大的刘海粟先生有更伟大的将来。

苦恼的中国正期望伟大艺术家的发展与拯救！

一九三二年九月二十九日

《种树集》序

我自己知道不是一个诗人,所以有时很久不成一首诗。我做诗,正如一个朋友所说:"要诗来找我,我不去找诗。"去年一年在上海滩上是一首诗未做,前年一年仅仅做了一首《朝朝一阕》。自己也觉得我的心境是怎样干燥与荒凉。回想从前躲在古庙里高吟"可爱的女郎"的神气,自己也不禁无聊的微笑起来,虽然严肃的秋风拂过我的面前,脸上的无聊的微笑也就暂时消失于无可奈何的太空中。我的确寂寞极了,然而,虽然寂寞,我的心究竟还不能无所纠缠。我自己也曾在寂寞的古庙住过六年，终于不能走到佛家的路上去，这因为我的纠缠太多了，而我又不愿意解脱。呜呼，我就这样永远纠缠下去也罢，没有纠缠，不是人生。

为了结集我的初期的作品，所以有这册《种树集》的印行。这册中所录的诗，较之已经绝版的《深誓》已经多了若干首了。但也有几首原稿已失不及编入的。中国初期的新诗多数犯了太明白之病。从胡适之、康白情以至王静之的诗，多数是太明白而缺少含蓄。我自己的诗也犯了太明白之病。英人爱理司（Havelock Ellis）在他的《感想录》(*Impressions and Comments*)上说："艺术的表现，单靠明白是不成什么东西的。"他又说："要明白，要明白，可是不要太明白。"这实在是很好的教训。近年国内的诗人，是比芝麻还多了，而且据说已经有了"诗坛"，而且新诗已经"入了轨"。究竟这已经"入了轨"的"诗坛"上的情形怎样，我这轨外汉也不大了然。只眼见凑韵脚的十几个字拼成一句的所谓"豆腐干"式的新诗的横行（老实说，还不如做五言七律、填词好），而从前文学革命时代提倡的诗式解放的精神，也已经奄奄一息了。

而且这时代据说已经是革命时代了。于是"打呀"、"杀呀"、"干呀"的革命诗又闹了一伙。我自己知道从前不曾冲过锋、打过仗，不是一个革命者，现在也犯不着假充一个革命者来唬人。所以《种树集》里一首革命诗也没有的。当然喽，《种树集》的诗多数是古庙中做的，关于女人的诗最多。而且其中有一首《幻想》，当我将这诗发表在北京报纸上的时候，胡适之先生曾写信给我，说"这首诗应该打手心。"但同时有一个北京大学的女学生写了一封信给我，劝我不要做这样的诗了，她读了十分伤心的。这首《幻想》的价值究竟怎样，只好待读者们的评判了。

我病得太久了，从去年重阳病起，已经一年多了。在过去的三个月里，我病在上海郊下的一个医院中，因为心里太寂寞而且悲哀了，所以什么书也不愿意读。只有一本《圣经》在我的手边，不时翻阅着。我最爱读《圣经》中的《雅歌》，于是不知不觉地做了许多小诗，自己觉得思想与形式全变了，但这些小诗现在是不能刊出来的，因为中国现在正是"法利赛"人得意的时代，且写下一首，给同好的朋友们看看罢：

风呀,
你不要吹开我的房门,
因为我正躺在床上,
看我的爱人的双乳。

　　　　衣萍序于林肯坊三十二号
　　　　一九二八,十一,三

谈谈"文艺茶话"

我们十几个朋友,在烦嚣的上海滩,举行文艺茶话,已经第七次了。我们的文艺茶话,没有一定的会所,没有很多的费用,有时在会员的家里,大多数的时间还是在这里那里的花园、酒店、咖啡馆(有趣的华林先生译作"佳妃馆")里。我们没有一定的仪式,用不着对谁静默三分钟或五分钟;我们也没有一定的信条,任你是古典主义也罢,浪漫或自然主义也罢,什么主义者都罢,只要你爱好文艺,总是来者不拒的。这样的纯粹的自由的文艺茶话,当然也是古已有之。我们想到王逸少的兰亭雅集，或是李太白的春夜宴桃李园，或是英国约翰生（Johnson）时代的才子们所组织在伦敦的文学会（Literary club），或是法国的沙龙，那是有漂亮的女人们在座的。那都是我们的同志或朋友。虽然我们这里没有王逸少与李太白或约翰生，更可惜的是漂亮的女人也太少。

文艺茶话并不是专为了狼吞虎咽。上海有所"狼虎会"，听说是专门为了吃的。吃饭几十碗，喝酒几十斤，那都是英雄们的勾当，我们惭愧没有那样的能力。在夕阳西下的当儿，或者是在明月和清风底下，我们喝一两杯茶，尝几片点心，有的人说一两个故事，有的人说几件笑话，有的人绘一两幅漫画，我们不必正襟危坐地谈文艺，那是大学教授们的好本领，我们的文艺空气，流露于不知不觉的谈笑中，正如行云流水，动静自如。我们都是一些忙人，是思想的劳动者，有职业的。我们平常的生活总太干燥太机械了。只有文艺茶话能给予我们舒适、安乐、快心。它是一种高尚而有裨于智识或感情的消遣。

有的人说话比作文好，有的人作文比说话好，有的人绘画比作文说话都好，那都没有关系，因为说话和作文和绘画都是表现（Expression），都是表个人的思想和感情的最好方法。我们要口里的文艺茶话有点成绩，所以我们刊行这个小小的《文艺茶话》，这是我们同人的自由表现的唯一场所——不，我们也希望能引起全国或全世界的文艺朋友的注意，接受或领悟我们的一些自由表现的文艺趣味。我们是欢喜而且感谢的。

      一九三二年八月一日早上六时

我的一个小小希望

　　我是一个没有什么嗜好的人。烟、酒，我都不会。但我也有一个最大的嗜好，这便是，我很希望，在一九三三年，我能写出我的自传，《我的半生》。

　　意莎德娜·邓肯是一个大舞蹈家、大艺术家、大理想家。她的自传 *My Life*，实在是部了不得的作品。但她当时曾感叹没有一个沉静地方供她思想，只匆匆在喧嚣的旅馆中用打字机打成。是的，我也觉得自己太无聊了，整天会无聊的客人，谈无聊的闲天，真想什么时候跑到乡下去，只要一年，不，就是半年两个月也好，让我静静地写一些文章，明知写不出什么好东西，但自己也可满足了。我在上海迷恋什么呢？

我的朋友郑秉壁君曾笑我，一个刚过了卅岁的人，就预备写自传了。是的，也许可笑。

但我自己总觉得自己是一个庸人。如果我有勇气，我一定去杀人。如果我没有勇气，我也可自杀。我真倦于我的平凡生活了。我期待些什么呢？应该过去的让它过去吧，我期望的是一种新的生活。为了纪念过去，我想留下一些灰色的痕迹。

陈公博先生曾告诉我，他想写一篇自传叫做《四十自传》，后来又告诉我，自传不能写了，第一，是政治上的秘密，不能写，第二，是年青时的恋爱，不敢写。但我却是一个没有顾忌的人。人的一生，就是一篇小说。谁能够大胆的、没有讳饰地写出，便是绝妙的小说了。虽然，为了生活的纷乱和贫困，我知道我的文章一定写不好。

我是一个没有嗜好的人，但我也有一件绝大的嗜好。朋友，这嗜好是什么？你懂得便罢，不懂，请期待读我写成的新作。

一九三二，十二，二十七

救国的各派

国难严重了,榆关失守了,平津危急了,于是在朝,在野,各党,各派,诗人,文豪,同起大嚷:"救国!救国!"

在朝的说:"长期抵抗,武装和平!救国!救国!"

在野的说:"飞机救国!跳舞救国!游艺救国!募捐救国!"

各党各派同声说:

"上台救国!做官救国!拥护救国!打倒救国!"

诗人来了,张开嘴,摸摸胡子,大呼:"恋爱救国!

恋爱就是生命!没有恋爱,没有国家;没有恋爱,没有人生!恋爱救国,恋爱万岁!"

文豪来了,看了冬天的梅花,春天的桃花,秋天的菊花,高声地说:

"文艺救国!没有文艺,没有人生,亡人国家,先亡文艺。文艺救国万岁!"

呜呼!救国之人愈多,而中国真亡!榆关失守了,天津危急了。救国之声盈天下,而中国真亡!呜呼!中国不亡,是无天理!中国真亡,是无"地理"!上下五千年,纵横九万里,真正救国之人,尚在何处?

得砖志喜

一个朋友拿了一块古砖,要卖给我,我仔细一看,上面有"吴凤凰三年"的字样,这使我异常欢喜,就以二十番的代价,买来供在桌上了。

我记得苦雨斋老人也有一块砖,好像也是凤凰砖。老人珍重地把那块凤凰砖,供在书桌旁的书架上。我望着自己书桌上的凤凰砖,想着苦雨斋老人,又想到三国时碧眼儿的英风,公瑾的风流,二乔的秀美。那时的砖也以铜铁等物的。所以凤凰砖真是叩之作金石声。值此旧历穷年,自己还能买块小砖过年,总算十分可喜的了。

是的,我算是没有奢望的人。一年来,个人在上海滩上，总算受尽谣言的箭镞了。自己摸摸自己的周身的肉皮，似乎不曾受那些箭镞损伤分毫。不，我更能耐得痛苦了。我将用这凤凰砖当作砚池，安静而客观的写出各方面卑劣的人生。生活于艺术中似乎比生活于谣言中好些。但我也不怕谣言，我将正视这在人间施放空气的流毒的小丑。

前天伊凡来看我，庚白也在座。庚白诵他的新诗：

衣萍随笔曙天书，
爱玩高柔永不如。

庚白还有两句讥刺我的诗，我不写了。但我要告诉庚白，"东施嫫母"，不会敲进我的心房的，庚白相信吗？

伊凡搬进没有阳光的屋里以后，文章做得更好了。捧与恭维并不能造成诗人和作家。只有埋头用功，在冷静里看出人生的卑劣与可怕，才能永久探得人生的神秘。"骆驼，猪，耗子"，那是伊凡在冷静里观察人生的结果。

然而，白衣总是一个努力的青年。伊凡的话，当是另为他人有感而发的。

就让耗子占据了宇宙的空间也罢，我们还得努力写我们的文章。而况一千六百年前的古砖，冷静地监视着我。好的，我一定不辜负你这苍老而刚直的古砖。

作《得砖志喜》。

萧伯纳来沪有感

英国文豪萧伯纳于这严寒的天气到上海来,在上海滩上留了八九小时,又匆匆地走了。上海滩上的大报、小报、大文豪、小文豪,大家都忙着写文字来介绍萧伯纳。有的喊他是"反对帝国主义的急先锋",有的喊他是"和平之神",有的说他是"最有名的社会主义者和鼓吹社会改革家者"。余方抱病,不能出门,然对于此七十七岁老翁之来沪,心有所感,不能不说。

我个人认萧氏为当代大文学家、大戏剧家,最值得我们崇拜的是萧氏的长期奋斗,老当益壮的精神。我们研究萧氏的人，知道萧氏不曾早岁成名，他二十岁跟了母亲至伦敦，我们知道，他早岁的小说和评论，似乎并没有引起当时人士的注意。他那时的生活，还是依赖母亲供养，从三十岁到三十九岁中间的稿费，只拿到几镑钱。他的卖文生活的困苦，也就可想而知了。萧伯纳是受易卜生影响最大的人，他的思想，在他著的《易卜生主义的精神》一书中可以看见。萧伯纳同易卜生一样，骨子里是一个健全的个人主义者，虽然他一生打了社会主义的旗帜。他的性格上充满了矛盾，他壮年即为社会主义奔走演讲，他的议论可见《费边协会讲演集》。他的幽默，他的讽刺，处处表演他的反抗旧社会制度的精神，四五十年的努力，写了几十篇喜剧。我们从他的《华伦夫人的职业》，读到《人与超人》，处处看得出反抗社会改造社会的思想。他同易卜生一样，借剧本来宣传他自己的思想，用自己的思想来改造社会，改造世界。易卜生是只开派索不开药方的医生，但萧伯纳与易卜生不同的地方，是萧氏是一个费边社的信徒，虽然游俄之后，他的思想也许稍有变迁。但我们看萧伯纳的中心思想是"生命力"（Life force），是以"生命力"来改造社会，促进人生，是萧氏仍旧是易卜生、托尔斯泰一流的文学家，并不和马克思列宁同路。

在一九二六年萧氏得诺贝尔奖金，他已经七十岁了。诺贝尔奖金并不能增高萧氏的荣誉。是的，我们眼前站着这七十七岁的老翁，我们看见他的老当益壮的精神，真使我们这些东方少年惭愧死了。我们的新文学还不过十四五年的历史。我们的创作家大都是二三十岁至四五十岁的年纪。我们的创作家过了四十岁便老气横秋了，不，有些人上了三十岁便完了。以如此萎靡柔弱的民族，萎靡柔弱的文艺界，如何创造得出什么伟大的作品！伟大文学与艺术需要长期的忍耐与刻苦。写几十篇肤浅抄袭的欢迎萧氏的文章，不如学一点萧氏长期奋斗与努力的精神。我们文学界中有谁活到七十七岁还有勇气远涉重洋吗？只这一点老年努力冒险的精神，也够我们这些东方少年惭愧万分了！

这是我个人对于欢迎伟大的萧伯纳的一点小感想。

一九三三，二，十八

吊刘复先生

天气是闷热极了,在这样闷热的天气,得着的是很悲惨的消息,刘复先生于六月十四日在北平病故了!

这消息很使我难受。记得去年夏天,刘先生远道从北平到上海,沿途考察方言,到上海的时节,他匆匆地来看我,我同曙天从楼上下来,他惊喜地说:

"北平有人说是你和曙天离婚了,却原来还是这样亲热热地。"

刘先生笑了,我们也忍不住笑了。

那谣言,是一个画家说的。刘先生爱开玩笑,这在

《新青年》时代，就可以看出来，他曾用讥讽的笔法，把那位反对白话文的王敬轩先生骂得一个"狗血喷头"。其实，他们唱的是双簧，王敬轩原来就是钱玄同先生的化名。

我同刘先生见面，是在八九年前，语丝社的欢迎席上。刘先生刚从法国回来。他初次给我的印象，是他的脑袋非常大，他的脸成一个三角形，头上是方的。刘先生的谈话很流利，他的学术上的态度，是非常勤恳的。我们看他对文法的贡献（如《中国文法通论》、《中国文法讲话》），看他对于音韵学的贡献（如《四声实验录》），看他对新诗的贡献（如《瓦釜集》、《扬鞭集》、《扬鞭续集》），看他的翻译工作（如《法国名家小说选》），看他的精彩而流利的杂文（如未出版的《半农杂文》）。我们知道倘天假以年，刘先生的造就正未可限量。刘先生之死，是中国学术界的损失，也是世界学术界的损失呵！

刘先生到上海来，总住在一品香。前年暑假到上海来，我去看他，遇见蔡孑民先生及蔡夫人也在那里。蔡先生走后，刘先生说：

"蔡先生是老来转少年了,脸孔是这样红而有光。"

接着又说:

"我们是老了,没落了。"

接着又说,他近来的工作是考察各地方言。去年他到上海,我在他到我家来的第二天,又到一品香去看他,遇着萧友梅先生,大家到南京路新雅吃点心。刘先生同萧先生谈了许多中国的乐理上的话,那一次走后,他还寄了一册《初期白话诗稿》给我。却不料新雅楼上一别,竟成永诀了!

天气这样热,刘先生是一去不复返了!可怜的是刘师母和小蕙姊妹,他们母女的悲痛为何如呢?我的眼前充满了悲哀,我觉得说不出话,就写这些话来追吊刘复先生。

读书杂记

一、叶德辉的自传

长沙叶德辉,是近代中国的一个怪人。他本来是一个以道学家自命的人,自以为"能解经",但大家知道他的,都以为他好谈房中术。从叶德辉以至张竞生,他们的谈性都是一种迷信的玄学,比英人爱理斯差得远了。偶然从旧书铺得叶德辉著《于飞经》,有叶作《自传》一则,诚为不可多得的史料,因记之。

予,世之共目为不中方圆人也。天生予不中方圆耶？抑天之生予而予自不中方圆乎？予何知哉？忆始年五龄，从塾师冯先生读，始窥九经。继父命予治子史，予得天之悟，终卷了了。顾性好侮长，无论其为亲为师，皆侮之。冯先生愤予谩，尝摩予顶而言曰："斯儿小时了了，长未必佳。"予深识之。迨长，予性不受羁束，不徒侮长而已，甚且好狎下。里人乃大交诟责，斥予为狂人。予得狂人之名狂乃益烈，乡人愈深痛恶。然予能解经，相契类敬畏。知我者不谓狂也。予既穷经，颇得其独抱。后偶于吴市，得购《黄祖书》数帙，遂好治房中之术，而弃经史不更道。天下不益大诽笑，詈我曰，淫夫。乡里尤得其诽谤资。予知若辈尽非我徒，远之愈不敢稍亲，人亦远我不略通一二言。吾乃闭户治我道。稍有假我名以为市者，听之未尝略拒。吾叶德辉三字，遂为丛垢所，悲夫！

二、孙福熙的谬论

朋友金先生说："孙福熙是画图画的，怎么能做文章呢？"他随手拿一册《艺风》给我看，那里面有孙福熙的大著《职业的美》。

那文章说的全是谬话。我且举出一段来：

我的意思，做教员的被校长辞退了，遇见杂货店请你当掌柜，当然就去，不要你当掌柜时，你去卖报，不许你卖报时，卖烧饼油条。然而，好好的在卖油条，不必想卖报，不必想当掌柜的荣耀，不必想当教员的清高。

是的，我还想加几句：做教员的被校长辞退了，遇见有人请你当铁道部专员，你当然就去当铁道部专员；不要你当专员，你就当门房，当听差；不许你当门房听差，你可以去当信差，当小丑。什么都可以的，横竖天下的职业是一样清高。

接着，孙先生还有更荒谬的议论呢：

> 常常听到有人说大学毕业后没有事做，留学生回来没有职务，在他本身非常愤恨，在旁人也是很同情的叹息。我与众人一样叹息以后，觉得还有一个办法，就是无论什么职业，碰到就做。常人爱看周围的情况，"某人是大学生，薪水二百元，我也是大学生，故非二百元不做。"我不以为然。第一个理由，经济应该是量入为出，你只能得十元一月的时候，就分配十元一月的衣食消费。这不比完全没有职业较好了吗？而且是尽了为人类仟事的义务了。

是的，孙先生的大发明是"无论什么职业，碰到就做。"朋友们，假如你是大学毕业，留学生回来，你没有事做，有人叫你做走狗，就做走狗；有人叫你做奴才，就做奴才罢。横竖经济该量入为出，四五块钱一月不是也够买烧饼油条吃吗？

下面还有更妙的话呢？

> 所谓"学非所用"只是骗自己的话。你学了文学，尽管去卖烧饼大油条，倘然你不是读了死书，一定能使你的买卖比没有读书的人做得好。学问是可以活用的，文学的应用就在于改良卖报卖油条的职业。

是的，你学了文学，尽管去卖烧饼油条罢。横竖不干净的烧饼油条能害人，正如不通的荒谬文章也能害人一样。

又，孙先生在他的大作里，把职业分为四种，有一种叫做"娱乐的职业"。他说：

> 从事这种职业的人，以动他的感情，给倦于勤苦的职业的人们以消遣，使他们再能工作，更加勇于工作。变把戏，拉胡琴，唱小曲，演电影，画图

画,写文章,出版《艺风》杂志者,都属于这一类。

孙先生倒也老实,把"出版《艺风》杂志"同"变把戏"、"拉胡琴"归到一类,可惜次长先生拉了些铁路广告,让孙先生来玩些这不通的把戏,拉这样难听的胡琴!

《苦儿努力记》序

莫奈德（Hector Malet）的《苦儿努力记》（原名 *San Famile*）是法国的一部很有名的小说，几乎有全世界的译本了。我国从前也有包天笑的译本，是删节的，是文言的。我一向爱好这书，因为这是很好的一本教育小说，读了令人兴奋的。但是要译呢，没有工夫，自己也觉得没有那么大的能力，总是想想就算了。但我很欢喜认识林雪清女士，因为她的努力和耐心，这部书居然成功了，而且很流利。原书成后曾经内人曙天和我的修改。因为要给儿童看，所以流利最要紧。我们用的是很完全的本子，大约没有什么遗漏的了。但有时为了容易了解起见，也许加上几句，使儿童容易看懂。

原书中的苦儿名叫路美（为了人名容易给儿童记着，所以很多把原名改短的），他一直到了九岁，还当那养他的女人是他自己的母亲。那女人待他很好。他在九岁以前，简直没有见过那女人的丈夫，就是他当做父亲的耶路姆。可是一旦耶路姆从巴黎受了伤，辍工回来，却给路美以很不好的印象。耶路姆嫌路美"骨骼那样柔弱，瘦巴巴的，手脚没有一件像样的"。他要把这苦儿送到孤儿院去。路美发现了他们的秘密，才知道自己不是他们的儿子。路美是怎样来的呢？他原来是一个弃儿，生后五六个月，就丢在外面，给耶路姆捡来的。养到九岁了，耶路姆就瞒了他的妻，去当给李士老人，一个走江湖耍把戏的老人。他有一只猴子，叫做"乔利先生"，三只狗，一只是卡彼，一只是彼奴，一只是朵儿。他们合成一个"李士班"。路美加入"李士班"后，就跟了李士老人，到处流浪献艺。但是李士老人实在是一个好人，待路美很好。他教路美懂得许多世间做人的大道理。李士老人教训路美说：

凡事都应该留意，而且应该顺从。对于自己所应当做的事，应该用全力去做。这就是处世的秘诀。

因为李士老人是个好人，所以他的狗也是好的。李士老人说得对："世间有句土话，狗是主人的镜子。只要看看所养的狗怎么样，马上就可以明白它的主人是何等样人。盗贼之狗就是盗贼，农人之狗就是野狗。亲切而温柔的人的狗，也就温柔亲切。"

他又告诉路美：

"人们说，什么都靠运气，那是不对的。三分运气，要七分努力。"

这都是很好的话。

可是李士老人到处献艺，终于冻死在巴黎郊外了。路美因为抱着卡彼睡，所以还有些活气。一个花匠叫做"亚根"的，把他救活了。他们的另外两条狗儿，老早全给狼吃去了，猴子乔利也死了，于今只剩得路美和卡彼。路美于是就在花匠亚根家住下。亚根也是好人。路美也就把亚根当做父亲。他描写花匠的劳动生活：

我从小在村里就看过了农夫们的工作。但是巴黎近郊的花匠们的劳动，实在使我惊服。那勇气，那精力，都不是我们村里的农夫所能及的。早上，在离太阳未出前三点钟或四点钟时，就爬起来，这长时间的一日中，不休不息，他们拼命地工作。那勤勉实在只有使人感叹。我从前，也曾用小孩子弱小的腕力，耕过田，不过在没有到这里来以前，我绝不知道那田园，是可以因耕耘和劳动，在一年中间，没有一个时候是无用的。所以，这花匠的生活，又教识了我以种种活用的学问。

这是很好的教育生活。这就是陶知行先生所提倡的"教学做"的教育。

他在亚根家两年，念了许多植物的、历史的、旅行游记的书。亚根的儿子亚历、泽民，女儿叶琴，小女儿丽色是个哑子，她同路美很好。可是自然的灾难，却降临在这一家。雨雹打破了花园的玻璃，漂亮的花园顿时零落，一点也不好了！本来亚根是负了债来造花园的，因此亚根破产之后，又受讼累，只得入狱，一家人也就东西离散了。可是路美始终是一个好孩子，他带了竖琴，牵了卡彼，仍旧度他的流浪生涯。

一个很小的孩子，背竖琴，牵小狗，度着他自食其艺的流浪生涯,而不愿意为人的奴隶。这是很可尊重的自立精神。在他的彷徨的中途,遇见了马撒,他从前见过的喀尔手下的苦孩子。两个可怜的小朋友,凑在一块,努力的向前进。他们的袋里是空的,肚子是饿的,然而,看哪:

> 季节是这样的温暖,四月的太阳,在明净的天空中辉煌。道路是干爽的了,没有一点泥泞,青绿的野外,开着野菊花。各处的庭园,发出盛开的花香;微风吹过时,墙上的花瓣,片片吹落我们的帽上。小鸟欢乐地歌唱着,燕儿追着渺小的昆虫,掠过地面飞了过去。卡彼更是得了解放,在我们的周围乱跳。它向着马车也吠,向着石头也吠,它不知道是心里高兴,还是什么,总是无缘无故地向着什么都乱吠。

这是他们离开巴黎时的风景的描写。

以后他们的事更复杂了。马撒想去看他心爱的哑女孩丽色,再去看叶琴,看亚历,看泽民。他又想回到故乡斜巴陇,去看看养他的女人宝莲。他们那样穷,沿途献艺。然而路美终想买一匹牝牛,去送宝莲,表示他的一点孝心。

马撒虽然在人贩子喀尔的家里吃了很多苦，但自从跟了路美东跑西走，牵了卡彼沿途赚钱，三个半月的生活，太阳和新鲜的空气，使马撒恢复了健康和活泼的本质。马撒遇着事总看好的半面，不看坏的半面，他是一个小乐天家。

他们先顺路去看亚历。本来是看了就走的，可是因为出了不幸，亚历在炭坑中工作，失慎被压在石炭的底下，伤了双臂。他要休息三四个礼拜才可以工作。路美就自告奋勇，成了亚历的替工。这是一种勇敢的少年精神。

这样路美成了炭坑夫，马撒仍牵了卡彼献艺。路美在炭坑里，遇着一个工人，他是有学问的，大家送他一个绰号，叫做"教馆先生"。他告诉路美：

"一个人不单是动动手脚就算的，还非得使用头脑不可。"

这可是陶知行式的哲学的反证了。

在炭坑内工作了若干时，不幸的灾难，又降临到他们的身上。炭坑里发生洪水，淹没了二百多人。路美他们受了"教馆先生"的指示，躲在一个高的地方，躲了十四天，他们六个人，终于被掘得救了。

路美和马撒仍旧走上他们的征途。竖琴挂在肩上，背囊挂在背上，"前进吧"，他们牵了卡彼前进了，这一对可爱的勇敢少年！

路美究竟是谁的儿子呢？

我应该追述从前，李士老人因为犯法入狱，路美曾遇着"白鸟船"上的美丽甘夫人。她是一个英国的寡妇，有爵位和遗产。她的两个儿子，大的没有了，小的，叫做"亚沙"，多病，为了转地疗养，他们坐着船，到法国来养病。因为这小儿子若养不大，那些爵位和遗产，都得转入叔叔的手里。路美在"白鸟船"上，受着美丽甘夫人的抚养时，他曾想：

> 像亚沙那样地给母亲疼爱——一天接受了十次二十次的亲吻，自己也可以自由地和母亲接吻，呀，能够这样的人，是多么的幸福啊！我不能接受我亲生母亲的接吻，也不能向她亲吻。我是带着了悲惨的运命出世的孤儿呀！不过我或者还能够再碰见那念念不忘的母亲一次吧，这是我最高的希望，最大的喜悦呀！然而我不能再唤她作母亲了。我这一生只有孤单地一个人挨过吧！

这真是无家之儿的悲哀！

李士老人出狱了，路美只好仍旧跟着李士老人去，离开美丽甘夫人和亚沙再度流浪生涯。以后，李士老人冻毙道旁，路美为花匠亚根所救，以后一切的事情，我们在前面也说过了。

路美究竟是谁的儿子呢？

路美的家人去找路美，耶路姆想发财，到巴黎去找路美，找不着，就客死巴黎。路美和马撒从宝莲口中得了消息，回到巴黎找耶路姆时，他已经死了，究竟父亲是谁，这一个疑团，很不容易明白。路美和马撒落到英国的坏人漆德兴手里。路美竟以为漆德兴是他的父亲。但那都是美丽甘、亚森（亚沙的叔父）的诡计。以后，漆德兴一家做贼，路美被捕入狱。释放之后，再回法国找美丽甘夫人。那时美丽甘夫人已到瑞士的日内瓦湖边，与亚沙在那里住下养病。

听了唱《拿破里之歌》，发现丽色已经会说话，那真是很好的消息呀。而况已经遇见美丽甘夫人，把美丽甘、亚森要杀死亚沙的诡计告诉她。哪知道美丽甘夫人已经找到宝莲妈妈，知道路美就是她的失掉的大儿子，

"婴孩的襁褓，白外套，花边的鞋子，帽子"都作了证人。路美究竟怎样去了呢？我们且看美丽甘夫人对美丽甘、亚森的说话。

美丽甘夫人不等他开口，就说：

"我请了你来，并不为别的，"夫人的声音带抖，然而很镇静地说，"做婴孩时被偷了的我的大儿子，现在才找到了，所以我想叫他见见你。"夫人紧握着我的手接着说：

"这小孩子就是的，可是你也想是早已知道了吧，因为在偷了这小孩子的人的家中，你已经是检查过他的身体的。"

"到底这是什么一回事？"亚森还想装作不知，但是面色已经完全变了。

"那男子做了贼，去偷教堂的东西，现在被关在英国的狱中，他已经把这件事完全自首了。这里有证明此事的证书。他自己说明怎么样偷这小孩子，怎么样把他丢在巴黎的伤病院前，怎么样为了隐藏证据，把襁褓的徽章剪了，一一都说出来了。这里是那襁褓。拾了这小孩子、养育了他的慈善的妇人，将这些东西保留了起来的。请你拿来看看，这证明书也请你读一读。"

亚森的诡计暴露，他就是强辩也没有用了。从此，路美成了美丽甘夫人的儿子，亚沙的哥哥。而且，马撒和丽色也成了他们"一辈子离不开的朋友"。

这是《苦儿努力记》的小说的大概。

这篇小说是很动人的。我们看了小说中的描写人物，如路美、马撒、李士老人、花匠亚根，莫不活灵活现。而且，无论写景写情，都十分美丽。这是值得我国的少年儿童人手一篇的有趣味和有益的书。

"十年后"的团圆，我们不消说了，那都是努力奋斗的结果，是勇往直前的精神的好收获。我们看了丽色成了路美的夫人，而且马撒成了伟大的音乐家。我们也来高唱一声庆祝之歌吧！

愿《苦儿努力记》成了我们全国少年儿童们的好朋友！

绩溪章衣萍
一九三三，四月二十二日

《不如归》新序

我的朋友林雪清将德富芦花的杰作《不如归》译成白话文，该书译笔忠实而流利，实在是很完美的译本，比从前林琴南的删节而且呆笨的译本，要高万倍了！她要我写篇序，我想，我不是一个专攻日本文学的人，如何有资格来替《不如归》作序。但因为她的好意，而且，汪原放兄也再三催促，没耐何①，只好把我所知道的德富芦花及他的《不如归》的一点意见写了出来，供

---

① 奈何。

给爱读这本书的人的参考。

一、德富芦花的小史

在谢六逸编的《日本文学史》中第六章"现代文学"中有这么的一条（四二、四三页）：

基督教传入日本，是在战国时代（约一五四九年），但是把基督教当作"思想"而容纳，则在明治初年。这时有一个叫做"新岛襄"的，他在京都设立同志社（一八七五），作为基督教的大本营，他说，如果不用基督教来感化国民，则无从传播新文明的精神。他特意在佛教势力最富的京都设立同志社（现为同志社大学），他的门下有德富苏峰、德富芦花、浮田和民诸人。

德富苏峰是德富芦花的哥哥，他们的思想后来因转变而分离了。浮田和民成为了一个政论家。我们现在单讲《不如归》的著者德富芦花的一生小史。

德富芦花的原来名字是德富健次郎，他是明治元年（即一八六八年）十月二十五日生于日本熊本县苇北郡水俣村。十一岁时随兄德富猪一郎（又名德富苏峰）入东京同志社读书，仅两年即退学。他的思想是受了新岛襄的影响，明治十八年就当基督教徒，在故乡熊本县受了洗礼。同时跟着牧师往各处传道。二十岁的夏天，初次发表他的处女作《墓畔之夕》，是一篇短篇小说，刊登同志社文学中。后来时常有创作刊登报纸和杂志上。

他的杰作《不如归》是三十一岁时，在《国民新闻》上发表的。当时极博社会人士的欢迎。后来该书由民友社出版，销至百余版之多，竟风行一时，并且被编成剧本在舞台上表演。

在《不如归》出版不久，便有《自然与人生》一书出版，亦极为读者所欣赏。

他的《不如归》及《自然与人生》二书，都已有英文译本。《不如归》从前有林琴南的古文译本，是删节的。除此两种代表作之外，尚有长篇《回想录》、《黑潮》、《崎顺子》、《富士》、《黑色眼与茶色眼》等作。散文集有《蚯蚓的呓语》亦颇可观。他的一生著作，我们把他的年谱译在后面，可以参看。他是昭和二年九月十八日死的。

以上是德富芦花的小史。

二、德富芦花的思想变迁

我们知道，德富芦花是很受基督教的精神影响的。他是一个人道主义的社会主义者。他爱好雨果（Hugo）、托尔斯泰（Tolstoy）、左拉（Zola），他的著作和他的一生，处处表现出他的人道主义的精神。

明治三十六年，他脱离了哥哥所经营的民友社，并与国民新闻社断绝了关系以后，独自捐资创立了黑潮社。《黑潮》那篇长篇小说便是黑潮社出版的。他写在那本小说前面的一封信，就是表现他的思想的一篇宣言，我们现在译在下面。

苏峰兄：

当初，这篇小说拟由民友社出版，我本来是想将它献给你的。然而我现在却离开民友社了，可是这小说所献的人，还是非兄莫属。

我生而与你为同胞。年龄之差，不过五岁罢了，才能之别，遂不啻千里。我幼时，得你携手而往返于村塾与家庭之间。到了十五六岁的时候，又以你为师而初学英语，初作文章，并由你教以自由的大义。及至你在京都竖起旗帜来时，我也得忝列在民友社社员的末列，在你指挥之下，自明治二十二年以至明治三十五年，有十四年的工夫。我的经验、思想、趣味、著作、生活，以至今日的若干虚名，皆是你给我的，你所帮助我的，自然很多。狂愚怯懦的我，得你的庇护，才得以在你的羽翼下长成。

我受你这样多的情意和帮助，本应该随你于天涯地角。然而现在我竟和你告别了，与栖迟十四年的民友社离开了，又与国民新闻社亦断绝关系，这究竟是为了什么缘故呢？

这并不是别的，我早就感到我与你之间，逐渐地分歧了。这种原因，是由于天赋的不同，我也明白了。我为这事烦闷已久了，然而我所姑息而自欺，绝不是完成上帝的赋命，也不是要报答你的恩义。人的命运，是早已在胎中决定了。松子长成松树，槲子也长成槲树。主义、同情，都是由于自身的发展与现象造成罢了。所以，刚强的你，倾心伟力；柔弱的我，同情弱者。性格复杂的你，处世便不辞婉曲；而性格单纯的我，就爱好干脆。你意经世家的性质，万事以成败断论，以折中让步为成功的金科玉律。你的眼光常不离利害与理智。文学一事，只不过是你的处世的一种手段。侧身思想界的人，以不饶不屈为骨干。而爱好于文学的我，便自然地不能不高唱文学独立，因"美"的喜悦而彷徨于真善境中。即以经世家的手段说，你以国力之膨胀为重，倾心于帝国主义；而我却爱好嚣俄、托尔斯泰、左拉诸大文豪，专心于人道之大义，安身于自己所喜的社会主义中。我决不以你之思想及行为为非，以自己的为是。真理的山峰层叠，即使你我所站之峰各异，却不是远在山外分驰。所以你的勇往的大道，与我直前的平路，其相差处，也不能说是黑白之分。虽然不至于距离太远，然而我们的趣味的倾向，着眼处的目的点，以至于同情的对象的不同，动机的各异，是断不能掩没的事实。

事实已是如此，我以恩义为重，在你的旗帜下徘徊了许久，亦觉得很难成为理由。就是你的好意，能姑息地容纳我，使我勉力加入国民新闻，这有什么用呢？假使我的说话有累于你，假使我随你所欲地乱说，那是自欺自骗，还不如就此和你分别的好。形式上兄弟整日相对，梦里却是各自东西，这有什么用呢？乌鹊在今夕是同枝，明朝便成了天南地北的分飞了。骨肉之情无限，倾向各禀天赋。今后只有各从天赋，自求个性的发展。湘南的双亲岁老，谅亦不以我的行为为怪吧。

你的部下俊秀如林，虽难免有误解你的，然而天下也正不乏你的知己。想不致为一个小弟弟之去为可叹息吧。我再不要求任何人的援助，久已惯于孤立，寂寞就是我的食粮。神明在上，言出由衷。委身于天命，鞠躬尽瘁，死而后已。愿兄勿以为念。

我向你告别了，很感谢你的如山的恩义，我对你表示十分的敬意，祝你与社中诸位都健康，并以这篇拙劣的小说呈上。

弱弟芦花生谨识
明治三十六年一月二十一日

要懂得德富芦花思想变迁的人，不可不熟读这封信。这封信是很真挚动人的。可以表现他的"不妥协"的态度。

三、《不如归》的内容

《不如归》何以能那么动人呢？何以能销行几百版呢？德富芦花写这本小说时，已经是三十一岁的年龄了。此书的女主人公浪子（浪样）Namisan 的名字，在日本已经为一般人所熟悉，成了一种典型人物。这本十万字的大著，为了便利读书起见，我们现在且叙述一些概略。

书中的女主人是一位明治时代的、旧式的懦弱女子。她依了父母之命，媒妁之言，嫁给了一位年轻的海军士官。男女两家都是贵族，家财富有，男才女貌，所以婚事的成立，在当时的人们的眼中看来，真是所谓"天造地设"，这一对年青的夫妇的快乐，更不是笔墨所能形容的了。这篇小说的开头处，便从新郎新妇的甜蜜的新婚旅行写起，作者用了那得意的描写大自然的笔致，描出这一对新婚夫妇在游山玩水中的乐趣。

然而这一生的最快乐的开始处，同时却引起了悲惨的云。武男（书中的男主人公）的姑表兄弟千千岩的出现，早已伏定了后来浪子（书中女主人公）的致死原因。

天下的婆婆总是凶的多。武男的母亲、浪子的婆婆的乖张的性情，与虐待儿媳的举动，虽是旧家庭中常有的一种悲剧，但浪子因为新婚后的夫婿的宠爱，以及旧礼教的束缚，对于婆婆的无理虐待，只能忍气吞声。浪子想：生为女子是该受虐待的。在不幸的命运支配之下，只愿获得男人的恩爱，曲尽为媳妇之道罢了。

武男身为海军士官,整年随着军舰在大海里漂泊,即偶得闲暇回来享受家庭的乐趣,也不过是一时的暂息而已。

然而相爱相恋的一对青年的夫妇,却与世间的一般男女是一样的。武男虽然身在军舰中,远在大海之上,心中却没有一刻忘了那在闺房里等着自己回来的梦里人。

在这里,著者即以数封热烈的情书,作为第一卷的结束。那些情书都是很动人的。

第二篇所说的,是相思已久的丈夫,终于又回到自己的怀中来了。薄命的浪子此时又尝到第二次的蜜月的幸福。但是爱的大海中,风浪正多着呢。武男与他的表兄的结怨日甚一日,这中国式的(因为在外国,贪财好色的军人似乎不可多得)军人千千岩的仇怨,也只能在浪子的身上发泄了。千千岩听到浪子得了不治的肺病时,心中反而高兴,便使他生出报复的机会。他在浪子的婆婆面前,曲尽其离间的谗言,竟使早已有意的武男的母亲,下了绝大的决心,在儿子远出的期间,将媳妇送回了娘家,这样一来,浪子的不幸的短命的原因,早已伏定了。等武男回来,早经木已成舟,无可奈何了。

在这篇小说里,作者活灵活现的描写出旧家庭为了对于世间的体面关系,置一切人情与理义于不顾,即素以孝行闻名的武男,虽然身怀不共戴天的愤怒,与刻骨相思的恋情,也只能饮泣吞声,一筹莫展。

在这一卷中,著者在紧张的描写中,又插入了一段商人山木父女的滑稽写照,使读者增加了不少兴趣。

第三篇的起首以中日战争为背景,写出武男因为家庭的纠缠,决然勇往地参加了战役。著者以流利的笔锋,与满腔的热情,描出黄海上两军的激战,日本军人之如何的奋不顾身,在尸山血渠之中,掷却自己的生命,一心只为国家的荣誉。

武男终于在这光荣的战役中负伤,卧病于病院中了。浪子呢,因为受了被迫回娘家去的凌辱,肺病也更加重了。幸而她的父亲很爱她,才得挣脱了死神的魔手,到了从前和武男同游的地方,养着肺病。然而景物依然,武男却不在身旁,使浪子惨然落泪。

当浪子孤身只影的走到昔日曾与武男同立过的崖头时，甚愿将这悲惨之身付之流水，了此残身。

然而求生不易，求死也难。当浪子纵身一跳的时候，被一位妇人看见了，将她救了回来。在这里的一段，似乎是作者有意插进去的，那是一段基督教的宣传文章，我们读了觉得有些奇怪似的。

浪子因为得了一点宗教上的安慰，病体也渐渐有了起色了。慈爱的父亲，想借此旅行使浪子宽怀。然而命运玩弄着她，又有出人意外的事发生了。当浪子和她的父亲乘上火车时，在车站上，竟迎头碰见了那伤势平愈的武男，他重赴战地去打仗。一刹那间，无情的火车，不管情人心碎，汽笛一鸣，风驰电掣，各自东西了。这不意间的相逢，竟成了他们的永诀。

浪子自从这次的刺激，咯血更加不止，最后，她说了几声"苦呀！苦呀！来生再不愿生为女子了！啊！"的呻吟，便与世长辞了。

我们读了《不如归》的全书，觉得作者的描写，显然受了托尔斯泰、嚣俄一流人的影响。他的笔尖处处显出人道主义的同情。《不如归》中的浪子与武男的家庭问题，在我们受了旧礼教压迫已久的中国人读了，更该有深刻的同情之感吧。而且，武男为了国家，奋不顾身，这也可使我们那些不爱江山爱美人的不抵抗的将军们惭愧的。

这无疑地还是一本动人的、深刻而悲哀的好小说，虽然那人道主义的思想不免稍旧。

四、《不如归》的一点考证

没有一部小说是没有底子的。《不如归》虽然不是一部纯粹的自然主义的写实小说，但在全书中，我们可以看出明治时代的日本家庭、社会、人情、风俗、国家的影响。浪子和武男都成了一时代的典型人物。如果做一点考证，那么，作者在他的一百版自序上说的最妥当了。我们现在把它译出来。

《不如归》已经出到一百版了，一边在校正这旧作，顺便读读这久不阅读的书。这是一篇小孩子脾气的小说，假使当初只把它写成一篇单纯的说话体的故事，或者还要好些。但为了要使场面上热闹一些的缘故，竟勉强地加进了千千岩与山木的无聊的把戏，添上了小川某女士的蛇足。要找出作品中不满的地方，恐怕是很多的。对着这一百版的极受欢迎的呼声，自己也有心想再把它整削一下的意思。但是再来重写一次又怕麻烦。所以只是马虎地校正一下罢了。

在十年后再来读看时，无端地想起一件事来了。那是促成我写这小说的一夜，算起来已经是十二年前的事了。在我寄居在相州逗子的一家旅馆柳屋的时候，碰着一位带了一个男孩子的妇人，来这里养病的。那时，正是盛夏的季节，所有的旅馆都住满了人，再没有她可容身的地方了。我因为看不过她无路可走的为难，便和妻子商量好，将我们租的两间八叠大的房子，让了一间来给她。因为那正是炎热的夏天，所以两间房子中间的屏风，只是聊以塞责地一张小帘子而已，风儿可以直吹进来，谈话的声音，也可以互相听见。这样子的住了差不多一个月，大家都互相的亲热起来。她是一个三十四五岁、经过风霜的妇人（并不是《不如归》中的小川某女士），她很富有同情心，也善于口舌。在夏天快要完了，阴霾微寒的一天的傍晚，她的孩子到外边去游玩了，她就和我的妻子闲谈着，在无意间她便说出下述的悲惨的公案来，就是关于浪子的故事。在那时候，知道的人，想是老早就知道了。但是在我却还是第一次的听见。关于浪样（Namisan）因为害了肺结核而被离婚了的事，武男如何的伤心，片冈中将生了气将自己的姑娘接回去，为了害病的女儿特造了一间静养的房子，为了她的生命的安全，带着浪样到京都、大阪各地去游历，只有这几件事，是从故事中听来的。妇人一面留着辛酸的眼泪，悲哀地说着。我靠在门柱上，呆呆地听着，妻呢，低下头来了。太阳不知在什么时候躲藏起来，古旧的乡下房子里现出黑暗，只有那说故事的人，穿着的浴衣显出一点白色。说到那可怜的人的临终时，她说是那样子的说了"啊！再不生做女儿家了……"的这句话。她说到这里，悲哀地落泪，将故事结束了。我的脊髓上有一件东西像电一般地走了过去。

这位妇人不久便回复了康健，将那一夜的话留给我们，便回京去了。逗子的秋天寂寞起来，这故事的印象却永远留在了我的心中。朝夕的涛声送来哀音，独自站在秋光萧瑟的海滨上，那没有影迹的人的形容，仿佛在眼前来去，我不觉由怜悯之情而变成了苦痛，不能不有点尽力了。所以就在这故事的骨鲠上，添上了一些肌肉，作成一篇不成熟的小说，登在《国民新闻》上，以后又由民友社出版，那就是这本小说《不如归》。

《不如归》的拙劣处,是由我自己没有才能所致,是无可讳言了。假使这幼稚的作品,还能引起读者的感慨时,那只是在逗子的夏天的一夜中,藉了那位妇人的口舌,来苦诉的浪子的一生,现身来对读者述说的结果。总之,我只是电话中的电线罢了。

德富健次郎 识
明治四十二年二月二日
在武藏野——即今之东京府下北多摩郡千岁村粕谷的僻村中

我们读完了这篇序,可以给我一点关于《不如归》的小小考证。因为作者自己的话,当然比较更可靠的。

五、《自然与人生》

德富芦花的著作,除了《不如归》外,还有一本散文《自然与人生》最著名。那书也有英文译本。因为他受了基督教同托尔斯泰的影响,所以爱好自然,也爱好人生。

《自然与人生》是他的三十三岁时候的作品。过了几年,他到俄国去看了托尔斯泰回来,退往乡村,学他躬耕去了。

我们读了《自然与人生》一书，觉得他的描写流利，态度真挚。德富芦花并不是一个怎样伟大的文学家，他的可取的地方是他的诚恳而真挚的态度。我们觉得那些美丽诚恳的散文，很多有价值的，现在抄译若干篇于下：

杂树林

从东京的西郊，到多摩川之间，有数处的小丘，与数处的峡谷。数条的小径从这谷中下去，从这丘上上来，蜿蜒地前进。峡谷便成了耕田，有小川溪流，流水当中时而架有水车。小丘也有很多被挖平了，做了菜园，然而在四处还留着植成各种方块的杂木林。

我最爱好这些杂木林。

杂树之中，多是些栖、栎、榛、栗、栌等树。林中很少有大树，大部分都是由斩断了的树干旁簇生起来的杂枝，而且干的下端又多是剥削得干干净净的。偶尔有一两株的赤松黑松，挺然秀出，造成了翠盖，在碧空中荫翳。

待到微霜既降，萝卜长成的时节，满林的黄叶，造成了一片的锦绫，正不让枫林之独美。

当黄叶落尽，只剩寒林的千万枯枝，簇簇直刺着寒空的时候，景色殊觉可观。到了夕阳西坠，炊烟铺地，林梢的天空变成了淡紫色，而此时一轮的明月，盆一样地涌出时，眺望尤为佳美。

待到春天已经到来，淡褐、淡绿、淡紫、嫩黄等柔和的色彩的新芽萌发时，人们又何必专为樱花而狂跃呢？

在绿叶成荫的季节，试踏着步走入这林中一看吧，树叶盖住了太阳光，在头上缀成了绿玉、碧玉的华盖，连人们的面色也会变成青绿。假如在林中做一场梦，那梦儿也许会变成为绿色的幻境罢。

在新茸初萌芽的当儿，除了那沿着林旁丛生的荻花与薄穗之外，女郎花和萱花又撒遍了林中，大自然在这里正造成了一座美丽的花园。

有月儿也好，没有月儿也好，在风露之夜，试从这林木的旁边走过去罢，那么你便会听到那松虫、铃虫、辔虫、蟋蟀，一切的虫声像雨水的流淌一般的合奏着。这天然的虫笼的妙处，也实在是不错啊。

春的悲哀

踏着原野，仰望霞翳的天空，嗅着春草的香气，听着缓和的流水，向着抚摸一般的春风前进时，突然心中起了一种不堪的怀念的心情。想将它留住时,却又已杳无痕迹。

我们的灵魂能够不对那远隔的天边的故乡发生恋慕吗?

春天的自然的确是吾人的慈母。人们与自然融在一起,躺在自然的怀里,哀悼着有限的人生,羡慕着无限的永远。这就是躲在慈母的怀抱中,感到了一种甜蜜的哀感的心情。

风

雨能慰人,雨能医心,雨能使人平静。然而,最使人哀思的不是雨,而是风。

飘然不知何来,飘然不知何往。既无起处,又不知何所终止。萧萧一过,竟使愁人为之肠断。风,这就是超绝的人生的声音,不知何来亦未知何往的"人",为听了这声音而悲哀。

古人已经说过:"无春无秋,不问凉夜与狂飙,催人哀思者,只是那风罢。"

朝霜

我最爱霜,为了它那凛然的洁白,为了它那晴讯的报知。

最清美的就是那霜白时的朝阳。

又一次，在十二月的将暮，我在一天的绝早时路过大船户冢的近处。正值是绝妙的霜朝，旧圃与人家都真的像下了薄雪一般的，连那村间的竹林与常青树之类的枝叶，也都成了清一色的洁白。

过不了一会，东方映出了黄金色，杲杲的旭日，在没有半点的云翳的苍空里显现，亿万条的金线，射遍了田野与人家，霜却皎皎晶晶的，面上放出白色的光芒，背后垂下紫色的阴影。人家、丛林、田亩当中累积的稻冢，乃至那平铺地上的藁屑，一切向着太阳的便映成白色，背着太阳的就是紫荫。眼界之所及，无不是白光与紫影。在紫影之中，尤有白色的霜，隐然可睹。地上一切都变成紫水晶的块结了。

一位农夫在霜野的正当中处烧着枯草，青烟蓬蓬地吹散，吹散了时便遮住了日光，遮住的地方便成了白金色，渐渐的浓厚时，终至那青烟也带上了薄紫的色泽。

从此之后，我爱霜的程度也更加深厚了。

良夜

所谓"良夜"者，便是今宵罢。因为今宵正是阴历的七月十五夜。月亮清明，风儿凉爽。

搁下了夜工的笔杆,推开了柴门,在院子里走了十五六步,走到那荫黑的隆茂的大栗树下。树荫里躲着一口井,冷汽水一般的在暗中浮动。虫声唧唧,白银的水点滴滴地下坠,大概是谁人取水来了罢。

再走上去,在园中伫立着。月亮刚离开了那边的竹林,清光溶溶的浸映着天上地下,几疑是置身水晶宫中了。星星的亮光,是何等的显得弱小啊!

冰川的丛林暗淡如烟。静静地立了一会时,身旁的桑叶与那玉蜀黍的叶儿,浴在月光里闪着青光,棕榈沙沙地在对着月亮喁语。踏着虫声频鸣的青草前进时,月影在脚尖头散荡,夜露瀼瀼的。丛树中的频繁的鸟声,大概它们也正是为了月明如画,难以入眠罢。

空旷的地方,月光如水地流着。树下呢,则月光青青地,雨一般地泄漏。

回转头来,从树荫处走过时,灯影在树间隐约,有人正在乘凉闲话。关上了柴门,蹲在回廊上时,十时已过,行人绝迹,月亮升到头上来了。满庭的月影,比梦尤美。

月亮照着满庭的树木,树又映成了满庭的阴影,影与光黑白斑斑的撒遍满庭。回廊上映着了大枫树一般的影子,这正是金刚拳的落影啊。月光落在它那滑亮的叶上,叶儿碧玉的扇似的反映着。上面更有黑色的斑点,闪闪烁烁地跳动,你便是李树的影子的反映呢。

当那从月亮里流漾出来的微风在树梢处吹过时,一庭的月光与树影相抱着跳舞,在这黑白摇曳之中的偶步之身,几疑成为无热国的海藻间的游鱼了。

哀音

诸君也曾在寂静的暗夜中听到那沿门求乞的三弦声么?我生来虽不是一个易于伤感的人,但是从未有听到这哀音而不为之落泪者。

我虽未能自知其所以然,可是在每次听到这哀音时,总觉得柔肠九回,不能自已。古人曾说,一切的绝妙的音乐,能使听者为之悲伤。这话实在是不错。提琴的呜咽,笛声的哀怨,琴音的凄凉,上自钢琴琵琶之类,下至卑陋的乐器,只要是静心倾听,哪一样不能使我们激起哀思之念呢?落泪可以减去心中的苦闷,哀愁的乐器可以用来安慰那落泪之人。呀!我生而为四方的漂泊者,也曾在马关外的夜泊中,为了那和着潮声而呜咽的歌声而断肠,也曾在北越的客旅中,听到了《追分》(曲名)之曲而落泪,也曾在月白风清之夜,在中国的海上,听了欸乃之声，由曾在飞雪之朝，在南萨的道上，听了马夫的歌声，这些都曾激动我的心肠。然而尚不如那街头的一片声音之那样使我柔肠寸断。

在严霜寂寥的夜，在月色皓皓的夜，在那与白昼的骚扰完全相反的闲静的都会的夜的寂静之中，偶然一发的那三弦的一声，突然的一拨，忽高忽低，终而音波逐渐的远去，遂在那不知不觉中消灭了。推窗一望，满地只有月色。诸君，请诸君静心地来听听这一霎时间的声音罢。弹者或竟自无心弹奏，然而在侧耳倾听的我呢，那三条的弦线，恰比那以亿万人的心的纤维所结成的一索，那音声的一昂一低，就是人类的唏嘘，亚当以来的人类的苦痛、烦闷、悲哀，都似乎在这一时间同诉之于天地，这人生的行路难的一曲，真的使我即使欲不为之动心也有所不可能。呀！我为它而落泪了！我不知此泪之为何而流！是自悲吗？是悲人之悲吗？我不知道，我不明白，在这时候，我只感到了人类的烦闷与苦痛而已。

天并不曾将人类的悲曲完全托之于才华灿烂的诗人。闾巷中无名的鄙妇也曾将人类的苦衷来对天哀诉。出诸言文的悲哀，非真可悲哀的事，我是为了在这哀音中听到了那可感而不可言的无数的苦，无数的血,与无数的泪而悲伤。

愿诸君能够谅我的愚妄吧。我在每次听见了那沿门叫化的一曲时,就感到了像身怀重罪的儿子伏在母亲的膝上哭泣的一样,像迷住了的爱人在追寻着他的爱而彷徨一样的心境。每次念到了那"still sad music of humanity"的一句时,便忆起这哀音。

飞雪之日

爬起来一看时,满天满地的雪。

午前是粉雪纷纷霏霏,午后是棉花雪片片飘飘。终日吹飞,下个不息。

纸门一拉开,玉屑霏霏地斜飞,后山也给白雪掩没了。待到风越吹得紧时,积雪也飞腾了起来。午后更是愈下愈大,马车也难以前进了。为了积雪的重量,不知道是哪株树木,轧轧地响了两三声折断了。

在那满天满地成了一色的银世界中,独有那前川呈现着灰鼠色的黑影,野鸭十数匹,飞了过来,在川上游泳。时常有两三匹,从水面飞起,十分地展开了双翼,希图向风雪中雄飞,然而总是给风雪吹袭着,突然地又落下水面来。

终日是霏霏濛濛,天地都为了白雪而掩埋,人们呢,则给风雪关在房子里。这样地下个不停,直下到夜。

在夜间的十时,提灯向外探头窥望,飞雪还依旧的纷纷无已。

富士带雪(富士山不仅为日本的名山,即世界亦早已闻名),富士带雪,带着了薄薄的白雪。

秋空是多么的高。带着风威的相模滩的怒号又是多么的雄壮。在这天空与这大海间,你不看见那玲珑玉立的富士山的秀色吗?

从绝顶到半山处,比银还白的白雪,蔽住了桔梗色的山肤,上达无限的天空,下像蓑缘一样的包住了山峰。雪色清净,不染微尘。日光辉映,衬着比水还清的晚秋的晴空,足踏豆相的连峰,俯瞰那万波奔腾的相模滩,秀丽皎洁,神威更觉增加了十倍。

岳顶上一点的白雪,实在不只是使富士的秀色增了十倍,更使那四周的风景为之画龙点睛。东海的风景得富士而生色,富士更得了白雪而生光。

因为这些散文太好了,我们不觉抄译得太多了。但我想想这些美妙的散文,是不嫌多译,是很值得一读的。

六、两种林译本的比较

《不如归》的古文译本,在距今二十年前,就由林琴南、魏易两先生译述出版了。那删节而且呆板的古文译本，在当时也很风行。我们看了林雪清的译本，再去拿林琴南的译本来比较，觉得在量上林琴南的译本自然删去太多。但那也不能怪林琴南，只能怪魏易先生，因为林琴南是不懂日本文的。胡适之先生说得好：

> 平心而论，林纾用古文做翻译小说的试验，总算是很有成绩的了。古文不曾做过长篇小说，林纾居然用古文译了一百多种长篇小说，还使许多学他的人也用古文译了许多长篇小说。古文里很少滑稽的风味，林纾居然用古文译了欧文与迭更司的作品。古文不长于写情，林纾居然用古文译了《茶花女》与《迦茵小传》等书。古文的应用，自司马迁以来，从没有这种大成绩。
>
> ——《五十年来中国之文学》

是的，林琴南的古文译小说，是一件不容易的事情。所以林琴南译小说失败，不是他个人的过处，正如胡适之先生所说，是"古文本身的毛病"。我们把两种林译本《不如归》一比较，古文白话的优劣，也就可以显出来了：

……忽闻有老妪作笑声。仍呼美人为女郎。继而自责曰。误矣。遂易称曰。夫人。吾归矣。此楼心胡洞黑而不灯。且浪子夫人又安在者。浪子答曰。吾在楼栏。妪曰。外间风迅。易中寒疾。趣入此。主人久尚未归耶。夫人披帘而入。答曰。吾乃弗审抵暮仍未归来。汝今以傭保趣之。老妪曰。可。

林琴南、魏易译《不如归》卷上第一章《度蜜月》

我们再看林雪清的译本：

"小姐——嗳哟，怎么样好呢，我又说滑了嘴了，哈哈哈哈。哟，少奶奶，我回来了。嗳哟，黑黝黝的，少奶奶，你在哪里呢？"

"哈哈哈哈，我在这里。"

"嗳哟，怎么少奶奶还在那里吗？快点请进去吧，会着凉呢。少爷还没有回来吗？"

"不知道怎么样游的。"那女人一边推开了窗门走进去，一边说着，"要么就到帐房里去说一声，叫他们派个人去接。"

"是的，"这样的答了一声，擦着洋火将油灯点着的是一位五十多岁的老婆子。

——本书上编（一）之二

亲爱的读者们，你们看哪一种译本能够传神呢？古文是不适宜于译小说的，因为它不能描写出对话的口吻。

我们再举一段写景的文字。

> 东南之窗大启。面东见灵南之山。树木荫翳。而爱宕之塔尖。直出树杪。上于蔚蓝。尖上飞鹰盘旋作井栏形。南窗以外。则芳园一片。栗花照眼也。栗树罅中。隐隐见冰川神社。天色晴明作蓝锦色。栗花粉白如繐。衬此蔚蓝之天。乃愈见其嫩白。时有栗树之枝横互于窗外。阳光穿树入室。碎影如筛。微风一来。即送花香。达于室内。中将左执一卷。则西比利亚铁道现状也。方徐徐展现。窗外微闻有金井辘轳之声。此声既停则万声都寂。
> ——林琴南、魏易译《不如归》卷上第五章《片冈子爵燕居》

我们再看林雪清的译本：

> 把草绿色的窗帷拉开，朝东南二面的六个窗子，都明朗地开放着。从东方的窗子望出去，望过了眼下人家累累的低地的街道，从灵南台之上，露出了一尺左右的爱宕塔之尖，飞鸢在那上面盘旋。南方的窗子，向着满开着栗花的庭园。从叶隙处可以看见那冰川社的白果树的树梢恰像树着青峰一样。
>
> 从窗外望出去的初夏的天空，碧绿绿地像浅黄缎子一样地放亮。悦目的清爽的绿叶处处繁茂，卵

白色的栗花朵朵的开了满树,画一般地映在碧蓝的天空里。靠近窗前的一枝,和那傲骨般的树枝不相称,因日光的映射而变成绿玉、碧玉、琥珀等颜色的叶间,长出了肩绶一般的花来,摇摇曳曳,差一点不曾将树枝也挠折了。在无风的空气的每一颤动中,香气便阵阵地吹进了书斋。薄紫色的影子也从窗阀处射进来,在主人的左手上拿着的《西比利亚铁道的现状》的书页上跃动。

主人暂时闭拢眼睛,深呼吸了几下,又将那慢慢地张开的眼睛,落到书本儿的上面去。

滑车的声音轱辘辘如转珠一般地响了一会儿,又停止了。

午后的寂静充满了全家。

——本书上编(五)之一

我们看这两段文字的比较,白描的写景,实在比那呆笨的古文高得多!

我们再举一段写情的文字:

京城中樱花。忍寒未绽。而此间近海。则花色烂然照眼也。又一日。为礼拜六。晓雨濛濛。自晨达午为止。山海均为灵气所漫。入眼未辨。昼渐阴沉而渐长。雨势复挟风而至。海涛澎湃作甲马声。

一带渔家均掩关昼寝。杳无人迹。片冈别业中。为壮则少别于外景。武男新归自兵间。冒雨而至。既晚餐易衣。浪子对坐而织袜。时时停针。视武男微笑。髻上新簪樱花。几上置灯。以红纱为罩。其旁有胆瓶。亦满插樱花。窗外风雨杳至。武男方披来书读讫。言曰。岳氏为若病。心至沉郁。明日至东京。当绕道赤坂。慰此老人。浪子曰。风雨兼天。汝行耶。老姑候君。吾恨不能与君偕往。武男曰。浪子。汝何言。此为养病之区。犹之配所。汝不能自由也。浪子曰。此果名为配所者。吾愿终身居之。亲爱者勿顾我。汝姿吸烟可也。武男曰。吾未至此间。已倍吸吾烟。明日去此。亦加倍酬之。浪子笑曰。如是见爱。当有米团饷君。媪为我将出之。武男曰。团佳。得毋为3子君所遗。浪子曰否。此为吾手制。以病中无事少制佳饵。用献吾姑。武男曰。汝又劳力矣。浪子曰。此何碍者。昼长人静。用是自遣亦佳,且汝今日能否允我久坐。须知我身未有病也。武男笑曰。在势当愈。川岛医生在是。胡能不愈。以大势度之。果有起色。吾亦锐减其忧。

——林琴南、魏易《不如归》卷上
第十一章《逗子养疴》

我们再看林雪清的译本：

  首都的樱花还不曾到了开的时候，可是逗子方面在绿叶的山上，山樱却已经初放了。这时正是山又山上挂着不时的白云的四月初的星期六，今天从早上起就下着潇潇的春雨，将山海都朦成了一色。这样子的天气，本来就是使人在无聊赖中叹日长的季节，更谁知在晚上又下起大雨来了，而且吹着强风，使门户纸门都响得可怕，那怒吼的相模滩的涛声，就像万马的奔驰一样，海村的家家户户都把门儿紧闭着，没有一家会露出一点灯光来。

  在片冈家的别墅中，武男本来早就应该到来了，可是为了服务上无可奈何的公事，不能不迟了时候，一直到了入夜，才冒着风雨跑来。现在正是换了衣服，吃了夜饭，靠在桌上读着信件。和他相对着，浪子一面在缝着荷包，时时停针望着丈夫的面孔微微一笑，又侧耳倾听着风雨的声音，静静地默想。梳了辫子的黑发上，插了一朵带叶的山樱花。两人之间，放着一张桌子，罩了桃花色的灯罩的洋灯吱吱地燃着，射出一种淡红色的灯光，灯边的白瓷瓶中插了一枝山樱花，雪一般的默默不语。它或许正在做着今早刚离开了的故山的春梦吧。风雨的声音，绕着房子乱响着。

武男把信折了起来,"岳父也担心得很呢。横竖我明天就要回京去走一走,顺便到赤坂那边去看看吧。"

"明天就去吗?这样子的天气!可是,妈妈也在等着吧。我也想去呢。"

"浪妹也要去?别胡闹了吧!那才是不敢当呢!就当是受了流刑的罪罚,再住一下子吧。哈哈哈哈!"

"哈哈哈,这样的流刑,一辈子也好啊!——你吸一根香烟吧。"

"你觉得我又瘾发了吗?算了吧,倒不如在到这里来的前一天,和归去的时候,一天吸两天的香烟吧。哈哈哈哈!"

"哈哈哈哈,那么,就算赏你一点东西吃,有好吃的糕子现在就要拿来了。"

"那谢谢你了。大概是千鹤子的送礼吧——那是什么?好不漂亮的东西啊。"

"近来的日子太长了,没有事做,所以就想做了来送给妈妈——不,不要紧的,带做活带逛的呢。呀,今天的精神真爽快!让我再坐一会吧。像这个样子,我一点也不像是病人吧?"

"川岛医生在跟着你呢,哈哈哈哈。可是,最近浪妹的颜色真的是好看的多了。这就完全靠得住了。"

——本书中编(四)之三

亲爱的读者，究竟是哪一种译本能够传神呢？林琴南译本的旁圈，是原书所有的。林雪清译本即一圈不加，我们也可以看出那惟妙惟肖的言情好句！

七、德富芦花年谱

在德富芦花集中，有一篇他的年谱，我们译在下面：

  明治元年　十月二十五日 生于日本熊本县苇北郡水俣村。父名一敬，母名久子，姓矢岛。
  明治七年　进小学校肄业。
  明治十一年　随其兄猪一郎同学于京都同志社。
  明治十三年　从同志社半途退学。
  明治十八年　在熊本受基督教的洗礼。并未学习传道，随横井时雄赴爱媛县今治。
  明治十九年　从此时起，始用"芦花逸生"的雅号。再回京都同志社。
  明治二十年　五月，将短篇小说《墓畔之夕》登于同志社文学的创刊号中。这是发表小说之始。十二月，从京都逃出来，回到熊本。从这年起，在熊本英学校（男女同校）当教员，历一年半。
  明治二十二年　春间到东京去，进了他哥哥经营的民友社。九月，第一次在民友社出版了《约翰布莱特》。

明治二十三年　三月，在民友社出版了《理查特哥布丁》。夏，在《国民新闻》发表了《石美人》。八月，在《国民之友》中发表《俄国文学的泰斗托尔斯泰》。

明治二十五年　夏，在《国民新闻》中发表短篇小说《夏夜闲谈》。十二月，在民友社出版《格拉特斯顿传》。

明治二十六年　七月，编撰《近世欧米历史之片影》。

明治二十七年　五月五日，与原田爱子结婚。

明治二十八年　七月，在《国民新闻》上译登高高里的《老勇士》。八月，在《家庭》杂志中发表了《夏》。九月，在《家庭》杂志中发表了《可怕的一夜》。

明治二十九年　在《国民新闻》上连登翻案的作品，《舍弃了的生命》。

明治三十年　一月，转居于相州逗子，又在《家庭》杂志中发表《渔夫的姑娘》。四月，作品《托尔斯泰》被选入民友社的"十二文豪"中的第十卷，由该社出版。十一月，在《国民新闻》社发表《河岛大尉》。

明治三十一年　三月，在民友社出版了文艺的处女作集《青山白云》。四月，在民友社出版《世界古今名妇鉴》。八月，将翻案的作品（*Magatgumi*）连登在《国民新闻》上。十月，在民友社出版《外交奇谈》。十一月，开始在《国民新闻》上连登小说《不如归》。

明治三十三年　一月，小说《不如归》由民友社出版。又在《国民新闻》上发表了小说《灰烬》。八月，《自然与人生》由民友社出版。九月，小说《回忆录》开始在《国民新闻》上连登。十月，移居于东京郊外原宿。十一月，用假名在民友社出版了《侦探奇闻》。又在《国民新闻》上发表《最初的燕尾服》。十二月，《不如归》第一次在大阪被编成戏剧上演。

明治三十四年　一月，在《国民新闻》上发表《除夜故事》。三月，完成了从昨秋以来在《国民新闻》上连登的《回忆录》。五月，小说《回忆录》由民友社出版。又在《国民新闻》上发表一篇论文，题为《我不以小说家为可耻》。十月，在《新声》中发表了《零落》。十二月，《高尔顿将军传》由警醒社出版。

明治三十五年　一月，小说《黑潮》第一开始在《国民新闻》上连登,至六月完结。三月,在《文艺界》中发表《慈悲心鸟》。八月,在民友社出版《青芦集》。十二月,退出民友社。

明治三十六年　二月,小说《黑潮》第一由黑潮社自费出版。

明治三十七年　十二月,《不如归》由盐谷荣氏译成英文本出版。

明治三十九年　四月,单身由横滨出发,到耶鲁沙林去游旅圣地。归途中,在也斯那也卜里也那访问了托尔斯泰。八月,回到了敦贺。十二月,《巡礼纪行》由警醒社出版。又计划了月刊杂志《黑潮》的刊行。在本月的二十五日发行创刊号。

明治四十年　二月,在离东京的西郊三里,北多摩郡千岁村粕谷中,购置了一反五亩的田地,和十五坪的茅屋,遂移居此地。从这时候起,便不再用"芦花"的别号。

明治四十一年　四月,将《寄给国木田哲夫兄并报告我的近状书》寄登在《二十八人集》中。

明治四十二年　十二月,小说《寄生木》由警醒社出版。

大正二年 三月,《蚯蚓的呓语》由新桥堂出版。六月,小说《十年》开始在《国民新闻》上连登,但是仅及十一回，便绝了稿。又《自然与人生》一书由亚沙雷特译成英文本出版。

大正三年　五月二十六日，父亲淇水一敬以九十三岁的高龄长逝了。十二月，小说《黑色眼与茶色眼》由新桥堂出版。

大正六年　三月，《死的背后》由大江书房出版。

大正七年　四月，《新春》由福永书店出版。

大正八年　一月，夫妻偕赴周游世界的道上。二月，母亲久子长眠。

大正九年　三月，从周游世界回来。

大正十年　三月，《从日本到日本》由金尾文渊堂出版。

大正十二年　四月，《竹崎顺子》由福永书店出版。

大正十三年　九月，编撰《以太平洋为中心》，由文化生活研究会出版。

大正十四年　五月，小说《富士》第一卷由福永书店出版。

大正十五年（昭和元年）　二月，小说《富士》第二卷由福永书店出版。十二月二十五日，大正天皇崩御发表的早晨，赴上总胜浦避寒去了。《富士》第四卷的计划，就在这前一日完成。

昭和二年　一月，小说《富士》第三卷由福永书店出版。在此月的二十一日回到粕谷的家里。二月十四日，突然发生冲心症。七月六日，在小雨纷纷的一个早晨，由汽车将重病的身躯载到了怀忆的旧地伊香保去，在千明仁泉亭中静养。九月四日，为了履行改造社的信约，自谓这是绝笔了，用那震颤的手来草成了现代日本文学全集中的《德富芦花集》的序文。九月十八日，午后十时五十分，病势急变，与世长辞了。到了二十三日，在东京的青山会馆中举行了诀别式，那天的夜里，遗体便在秋风惨淡的粕谷的家内杂林下安葬了。

德富芦花的一生奋斗，在这篇年谱上也可以清楚地看出来了。他的著作虽多，但最富盛名的还是这部《不如归》，周作人先生说得好："芦花的《不如归》最为有名，重版到一百多次。虽也是一种伤感的通俗文学，但态度很是真挚，所以特有可取。"（《日本近三十年小说的发达》）我们希望中译的《不如归》译本，也重版到一百次吧。

章衣萍于上海花园别墅二十五号

集外文选

序刘海粟《欧游随笔》

这是好几年以前的事了。有一次,我听见鲁迅翁说了一个笑话,他说:"有些留学生到日本去留学,到了日本以后,就关起门来炖牛肉吃,在日本住了几年,连日本话也不会说,更不用说是看日本书了。"这是一个真实的笑话。我听了之后,觉得有许多感想。到国外去关着门炖牛肉吃的,岂但是留学日本的学生!那些去美国、法国、英国、德国各国的留学生中,在国外用功读书,能够在学术上有贡献的,真是"寥寥可数"了。有些留学生,在国外也许是很有研究的,但回到国内之后，因为环境的关系，于是专学工程学的只能在上海滩上开饮食店，学经济学的却挂起招牌当律师，学文学哲学的改行做官的更是"滔滔皆是"了。能够始终用功，把生命贡献于学术的，真是"凤毛麟角"了。我们觉得，一个民族的前途的生命，不在"兵多将广"，而在少数以学术为生命的人。我们观察西洋几百年来的灿烂文明，要是除去伽利略（Galileo）、牛顿（Newton）、达尔文（Darwin）、巴斯德（Pasteur）、马克思（Marx）、爱迪生（Edison）、达文西（Da Vinci）、罗丹（Rodin）、米开朗琪罗（Michelangelo）、凡高（Van Gogh）一流人的名字，西洋文化史上当发生如何影响？他们哪里有近代的灿烂文明？我们觉得艺术是文化中的光与热，绘画与雕刻是人类最高精神的表现。我国数千年以来，艺人辈出，唐宋灿烂的余风，在如今已渺远而不可追攀了。近代艺术界的堕落，令人叹息。我们的民族精神是萎靡到了极点。许多留学生都艳羡西洋的物质文明的灿烂，研究艺术的人，更是"寥寥可数"了。我们如何能使中国的文艺复兴？使我们的民族也大放光明于世界呢？那些在外国吃牛肉和以学术为敲门砖的人是没有希望的，有希望的是那些以学术为生命，以研究学术为毕生事业的少数的人们。

刘海粟先生，他是以学术为生命，以研究学术为毕生事业的一人。他的三十年来的生命，全花在研究绘画的艺术上。我最近读了他的《欧游随笔》，觉得他的对于欧洲艺术界的锐利的观察，伟大作品的批评与解释，近代与古代的艺术家的访问与凭吊，叙述精详，是不可多得的考察艺术的创作。在中国，像这样详细介绍欧洲艺术的作品，是前所未有的。我们盼望印行出来以后，能给中国艺术界很大的影响。在一九二九年至一九三一年的匆匆三年中，海粟先生给我们的这件礼物是太丰富了。我们盼望他今年十一月间的欧游，能够有更大的贡献。我们祝福这以艺术为生命，以研究艺术为毕生事业的人，祝福他的精心的随笔能流行而有很大的影响。

一九三三年十月二十三日